目次

第一章　木賃宿

一

仕事が終わった後、秋の風が肌に心地よかった。

真夏の暑い頃《ころ》と違って、昼間から出歩く人が増えたので、掏摸《すり》や空き巣などが増えている。辰吉《たつきち》が見廻《みまわ》りをしている日本橋《にほんばし》周辺は通行人も多く、常に目を光らせなければならなかった。今日は掏摸を捕まえた。その掏摸は盗んだ財布とは別に、『鳥羽《とば》屋《や》』の紋が入っているたばこ入れを持っていたので、問い詰めたところ、拾ったと訴えた。男は初犯だし、その言葉を信じて、忠次《ちゅうじ》がきつく注意するだけにとどまった。

八つ半（午後三時）を過ぎて、忠次と一緒に日本橋通《とおり》油町《あぶらちょう》の『一柳《ひとつやなぎ》』へ帰った。

裏口を入り、忠次は家に上がった。

「じゃあ、親分、あっしはこれで」

辰吉が土間で頭を下げたとき、廊下から外出着の内儀のおさやがやって来て、

「辰吉、いつもご苦労さん」

と、労《ねぎら》った。

忠次はおさやとは何も言葉を交わさずに、奥へ行った。『一柳』は元々おさやの父親が営んでいた料理茶屋で、そこに忠次が婿養子に入った。忠次は捕り物に専念しているため、『一柳』はおさやが切り盛りしている。

「お出かけですか？」

辰吉は履物に足を通すおさやにきいた。

「寄合があるんだ。その前に、『鳥羽屋』に寄らなくちゃ」

「『鳥羽屋』へ？　何の用ですか？」

「着物の件で、頼んでいたのと違う柄に変えたいんだよ」

「ちょうど、旦那《だんな》に用があるんで、あっしが行ってきましょうか」

「でも、おりさがいるから気まずいんじゃないかい」

おりさは辰吉が以前に付き合っていた女である。別れてから、『鳥羽屋』へ嫁ぎ、もう二年になる。

「旦那と会うだけですから」

辰吉は明るい声で返した。

「そうかい。お前さんはずっとおりさのことを避けているようだから」

「いや、避けているというよりかは、近づかない方がいいと思っていたんです」

「まったく素直じゃないいね」

おさやはまるで見透かすように言う。

「本当ですよ。あっしと会っていたとわかれば、清吉《せいきち》さんが嫌な思いをするんじゃないかと思って」

「あの人はそんな小さい度量じゃないから、心配ないだろう？」

「そうですけど」

「おりさに恨まれていると思っているのじゃないかえ」

おさやは目の奥を覗《のぞ》き込んで来る。

「……」

辰吉は言葉に詰まった。

「女っていうのは、いまのその時、その時が一番大切なんだ。昔のことを根に持つようなことはないさ。特にあの子は」

おさやが決めつけるように言う。

「まあ、そうですね」

辰吉が頷《うなず》くと、

「もうおりさとも普通に接していいんじゃないかい」

「……」

「まあ、着物の件はよろしく頼むよ」

「へい。すぐ行って参ります」

「ちょっとお待ち」

おさやは懐《ふところ》から一分を取り出して、「取っといておくれ」と渡した。

「いや、あっしがついでに行くだけですから」

「いいから取っておきな」

「親分に叱《しか》られますから」

「いいんだよ、黙っていればわからないから」

「でも」

辰吉は断って、その場を後にした。

辰吉は『一柳』を出て、神田紺屋町《かんだこんやちょう》に向かった。

紺屋町は町名の通り、藍染《あいぞめ》を手掛ける染物屋が多く集まっており、各染物屋の物干し台に干された染物の布が風に揺らめいていた。

辰吉は土蔵造りの染物問屋『鳥羽屋』の私用の入り口の格子戸をあけて入った。

「すみません」

土間で声を上げると、

「はーい」

廊下の奥から甲高い声がして、軽やかな足音が聞こえてきた。すぐに顔に幼さが残る十七、八の女中が姿を現した。

「あっ、辰吉さん」

『鳥羽屋』にあまり顔を出すわけではないが、辰吉の顔は方々でだいぶ知られてきていた。

「旦那はいるかい？」

「お出かけになっています」

「いつ帰って来るかわかるか」

「暮れ六つ（午後六時）までにはと」

「じゃあ、また来る」

辰吉はそう言って帰ろうとすると、

「よかったら、上がってお待ちになってください」

女中が引き留めた。

「いや、また来るから」

「内儀《おかみ》さんは辰吉さんと話したいんだと思います」

女中は真剣な眼差《まなざ》しで見てくる。

おりさとは祝言の時に会って以来、近所なのに一度も顔を合わせていない。先月、男の子が生まれたというのは噂《うわさ》で聞いていた。

「話って？」

辰吉はきき返した。

本当は、おりさと会うのが気まずい。祝言の時も、相手は素っ気ない態度を取っていた。おそらく、急に別れ話を持ち出したことを恨んでいるのではないか。

「とにかく、お上がりになってくれませんか」

女中が辰吉の目をしっかりと見て言った。

辰吉はしばらく考えてから、おさやの言葉を思い出して、

「わかった」

と、返事をした。

「内儀さん、喜ぶと思います」

辰吉は気持ちが整わないまま、女中の後に付いて行った。廊下を何度か曲がった先にある内庭が見える部屋に通された。

庭の池の近くでは、彼岸花が赤く鮮やかに咲いていて、ススキが風にたなびく。まだ動くと汗が出る陽気であるが、こうやって庭を眺めているだけで秋の訪れを感じる。

ややあってから、廊下から足音が聞こえてきた。

襖《ふすま》が開くと、

「辰吉さん」

懐かしい声と共に、茅《かや》色の横段の長着に、波柄の半幅帯を着けた丸髷《まるまげ》のおりさが現れた。目鼻立ちがはっきりしている顔であったが、頰《ほお》が少しすっきりしたせいか、余計に色気が増していた。

「どうも、お久しぶりで」

辰吉はどんな態度を取っていいのかわからなくなり、軽く頭を下げた。

おりさは辰吉の正面に座り、

「そんな畏《かしこ》まらないでください」

と、小さく呟《つぶや》いた。

「いや……」

「どうぞ、顔を上げてください」

辰吉はようやく顔を上げた。

おりさと目が合う。目頭と目尻《めじり》が少し尖《とが》った大きな丸い目に、ふたりで過ごした楽しかった日々がまるで走馬灯のように思い出される。

「こうして、顔を合わせるのもお久しぶりですね」

おりさが感慨深そうに言った。呟くような声であったが、辰吉の胸には鐘の音のように強く響いた。

「二年ぶりだな」

辰吉は声を絞った。だが、その後に続く言葉が出てこなかった。

「失礼します」

さっきの女中が茶を運んでくると、辰吉は黙って口を付けた。

沈黙は続く。

何と言えばいいのかわからず、そっぽを向いてしまったが、横目で見るとおりさは二年の月日を取り戻すように、辰吉をじっと見ている。

複雑な感情が高まっているのは自分だけで、相手はむしろ落ち着いているのではないかと思い、辰吉は深く息を吸ってから、おりさに顔を向けた。

「内儀さん」

続けようとした途端、

「昔のように呼んでください」

おりさが口を挟んだ。

「それは出来ねえ」

辰吉は首を横に振る。

「どうしてです？」

「お前さんは『鳥羽屋』の内儀だ。俺《おれ》とは身分が違う」

「そんなことありません。辰吉さんがいなければ、いまの私はいませんでしたよ」

おりさがはっきりと言い返した。

「俺は別に……」

辰吉は言葉を濁すと、

「本当に感謝をしています」

おりさは「本当に」という部分を力を込めて言った。

「子どもが生まれたそうだな」

辰吉は話を逸《そ》らした。

「ええ、清太郎《せいたろう》っていいます」

「清太郎、いい名前じゃねえか」

「覚えていますか？　辰吉さんと所帯を持って、もし男の子が生まれたらと話をしたときのことを」

「……」

覚えているのに、曖昧《あいまい》に首を横に振ってしまった。すぐに訂正しようと思ったが、

「辰太郎《たつたろう》って付けようって言っていたんです」

おりさは責めるわけでもなく、静かに微笑《ほほえ》んだ。

「それが理由で清吉さんの一文字を取って清太郎にしたわけじゃねえだろう」

辰吉は頭で考えていることとは違うことを口走ってしまう。

「うちのひとが名前をどうしようかって言ったときに、太郎を付けたいと私が言ったんです。そしたら、うちのひともそれがいいって」

おりさは落ち着いた声で言った。

辰吉は辺りを見渡すように、

「清太郎は寝ているのか」

と、きいた。

「はい。さっきまで、ずっと泣いていて大変だったんです」

おりさは内心嬉《うれ》しそうな苦笑いを浮かべた。

「『鳥羽屋』は店をどんどん大きくしていっているし、跡取りも出来て、もう何も文句はねえな」

辰吉は感心するように言い、

「それもこれも、お前さんが清吉さんをしっかり支えているからこそだ」

と、讃《たた》えた。

「辰吉さんも、大そうご活躍と伺っていますよ」

おりさは優しい表情で言った。

「いや、俺は特に……」

辰吉は変わらず通油町の岡《おか》っ引《ぴ》き忠次の元で捕り物に勤《いそ》しんでいる。以前にも増して勤めに励むようになったので、辰吉の活躍で捕まえることが出来た下手人も多い。

また沈黙ができた。

「『鳥羽屋』に嫁入りしてから、ようやく辰吉さんの気持ちがわかったんです」

おりさは改まった声で言った。

「え？」

「実は別れた後、辰吉さんを恨んでいたんです。あの頃は辰吉さんと一緒になることしか考えていませんでしたから」

「別にそんなこと詫《わ》びることはねえ。悪いことをしたのは俺だ」

辰吉は吐き捨てるように言う。

「いえ、私のことを本当に思っていたと後になって気が付いたんです。今となっては何て心が広かったんだろうとつくづく思います」

「止《よ》せよ。俺はお前を守れないから、清吉さんのところへ行くように勧めた駄目な男だ」

辰吉は自嘲《じちょう》気味に言った。

「そんなことありません」

おりさが力強く言い返す。

「本当にそんなんじゃねえんだ」

辰吉は気恥ずかしく、否定した。

「ともかく、こうやってもう一度お会いできるのが嬉しくて……」

おりさの目に涙がにじんだ。

辰吉は思わず腰を上げて手を差し出そうと思ったが、すぐに引っ込めた。つい、付き合っていた頃のようにおりさに対する愛《いと》おしさが蘇《よみがえ》った。

「近くに住んでいるのに、ずっとお会いしていなかったから、避けられているのかと思っていました」

おりさは涙を袖《そで》で拭《ぬぐ》う。

「だって、清吉さんが嫌な気になるだろう」

辰吉はすかさず言った。

「いえ、うちの人には辰吉さんとのことは全部話しているんです。ちゃんと感謝の気持ちを忘れないようにしなきゃいけないよと言われ続けているんです」

おさやが言う通り、清吉は度量の大きい人だ。

「……」

辰吉は返す言葉に困った。

「そういえば、これ」

おりさは髪の後ろに手を回し、赤い玉簪《たまかんざし》を取った。

「これって？」

辰吉は簪を指して言う。

「辰吉さんに初めてもらった物ですよ」

「まだ持っていたのか」

「当たり前です」

「こんな安い物より、もっとお前さんに似合う立派な物を買ってもらえるだろう」

「私にとってはこれ以上の物はありませんよ」

「そんなこと言ったら、いくら清吉さんだって悲しむんじゃないのか」

「うちの人は神棚に飾っておかないと罰が当たるとか何とか言って」

おりさは笑った。

「そうか、清吉さんはさすがだな」

辰吉はつくづく感心する。

その時、廊下の方から足音がした。

「帰って来たようです」

おりさが言うと、少しして襖が開いた。顔を向けると、清吉が立っていた。

「辰吉さん、お待たせして悪かったですね」

清吉が申し訳なさそうに頭を下げた。

「いえ、いいんです」

辰吉は首を横に振る。

「常々おりさは辰吉さんのことを話しているんですよ」

清吉は笑顔で言っておりさの隣に座った。

辰吉の中にあったもやもやしていた気持ちが一瞬にして晴れた。

「ところで、今日はどんな用で？」

清吉が訊《たず》ねてきた。

「これはひょっとして清吉さんのじゃありませんか」

辰吉は懐から『鳥羽屋』の紋が刻まれたたばこ入れを渡した。

「あっ、そうです。落としたと思っていたんですが、どこでこれを？」

「拾ってくれたひとがいて」

「そうですか。ありがとうございます」

清吉は頭を下げた。

「あと、忠次親分の内儀さんの着物の件です。まだ取り掛かっていないようなら、この間頼んだ柄を変更したいということでして……」

辰吉は言った。

「ああ、そうでしたか。これから取り掛かろうと思っていたところだったんですよ」

「ちょうど、よかった」

辰吉は清吉に内儀から言われていた柄を伝えると、

「では、また」

ふたりに別れを告げて腰を上げた。

「またいつでもお越しください」

おりさが言った。

「そうですよ、こいつは辰吉さんがいなければ、私ともこうして夫婦になっていなかったでしょう。本当に感謝しております」

清吉は品の好《よ》い笑顔を作って、表まで見送ってくれた。

夕陽《ゆうひ》が屋根瓦《やねがわら》に反射して、煌《きら》めいていた。

（おりさは『鳥羽屋』に嫁いでよかったんだ）

胸に詰まっていたものが取れたような気がして、帰る足取りが軽やかだった。

二

廊下を伝う激しい足音が聞こえる。辰吉が話を止《や》めると、すぐに襖が開いて、町役《ちょうやく》人《にん》が顔を出した。

「忠次親分、殺しです。杉《すぎ》ノ森稲荷《もりいなり》で」

町役人は息を切らしていた。

上座に座っていた忠次はすぐに立ち上がり、辰吉も後に続いた。

外は少し涼しい。

日本橋通油町の『一柳』から杉ノ森稲荷までは目と鼻の先であった。堀留町《ほりどめちょう》の町名は、川の堀留に位置することに由来し、神社があるのは二丁目で、入堀の北詰の東側である。この一帯は、水運を利して問屋街として栄えている。

近頃、この辺りで物騒なことは起こらなかった。ひとつは忠次が目を光らせているというのがある。

鳥居をくぐると、境内《けいだい》の奥の方に人が集っている。その間から筵《むしろ》が見え、足が覗いていた。

「親分が見えたぞ」

報《しら》せに来た町役人が声をあげると、皆が道を開いた。

傍《そば》に寄ると、ひとりが筵を取った。

日に焼けた肌に、苦しそうな表情を浮かべている四十代半ばくらいの顔は皺《しわ》が多く、額には黒子《ほくろ》がある。羽織は着ているが、随分と粗末なもののように見える。背は低いようだ。

「身元は？」

忠次が顔を上げて、町役人たちを見渡した。

「まだわかりません」

ひとりが答える。

「辰吉、この男に心当たりがある者が近くにいないか確かめてこい」

忠次が指示を出した。

「へい」

辰吉は男の顔をまじまじと見てから、その場を立ち去った。

神社を出て、杉ノ森新道《じんみち》を進み、居並ぶ表店《おもてだな》からきき込みを始めた。

何軒か回り、丁字路に当たった。右へ行くと和國橋《わこくばし》へ続く水森新道《みずもりじんみち》、左は人形町《にんぎようちよう》通りへ出る稲荷新道《いなりじんみち》となっている。

辰吉は左右何度か確かめてから、人通りの多い稲荷新道へ曲がった。すぐの金物屋に入ったとき、

「そういや、一昨日《おととい》の夜にそんな男を見たな」

と、五十過ぎの旦那が思い出すように言った。

「一昨日の夜？」

辰吉は食いつくようにきいた。

「ああ、間違いねえ。俺が松ノ湯《まつゆ》から出て、伊勢町《いせちよう》の居酒屋に呑《の》みに行く時だった。この辺りに『伊賀屋《いがや》』っていう宿はありませんかと聞かれたんだ」

旦那は考えこむように上目遣いで言った。

『伊賀屋』と聞いた瞬間に、嫌な気がした。伊勢町にある安い木賃宿である。何かと厄介事がある宿で、喧嘩《けんか》があるのはしょっちゅうだが、去年の冬には若い職人風の男がこの宿で首を吊《つ》り死んでいた。

「その男は『伊賀屋』の場所を聞いただけでしたか」

辰吉はきいた。

「そうだ」

旦那は頷いてから、

「後ろに女もいたな」

と、軽く手を叩《たた》き、声を上げた。

「女？」

「ああ、十六、七くらいの若い女だ」

「どんな容姿だったかは覚えていますか？」

「涼しげな細長い目で、年の割になかなか色気があったな。まだ顔に幼さが残っていたけど、いい女だったなあ」

「着ている物は？」

「よく覚えていないけど、暗い色味で、地味な柄だったな。帯との色合いが全く合っていなかった」

「ふたりはどういう間柄のようで？」

「歳《とし》も離れていたし、夫婦って感じではなかったな。多分、親子だろうな」

「そうですか。他に気づいたことはありませんか」

「そういや、言葉が江戸の者ではなかったな」

「江戸の者ではないというと？」

「さあ、そこまでは」

旦那は首を傾《かし》げた。

女はどこに行ったのだろうか。あの男と同じように殺されているのか。それとも、女が殺したのか。

辰吉はさっそく、『伊賀屋』へ向かった。

和國橋を渡り、さらに真っすぐ進む。伊勢町堀に架かる中《なか》ノ橋《はし》を渡り、右に曲がると伊勢町に入る。『伊賀屋』は道浄橋《どうじょうばし》の袂《たもと》にある。

少し傾いている黒ずんだ建物の前に立つと、路地から風が吹き抜け、妙な音を立てた。今年で宿が開いてから七十年経《た》つ。当時は今よりももっと大きかったそうで、地方の大店《おおだな》の商人が江戸に来た折に泊まる贅沢《ぜいたく》な宿だったそうだ。宿は繁盛していたが、ある時、主人が謂《いわ》れもなく首を吊って自殺した。

その後、『伊賀屋』はいま切り盛りしている絹兵衛《きぬべえ》夫婦が買い取ったが、それまで贔屓《ひいき》にしてくれていた商人たちは縁起が悪いというので使わなくなった。

今までのような客筋を狙《ねら》えないとわかった夫婦は値段をぐんと安くして、宿を続けた。江戸ではかなり安い木賃だったから、酒浸りで仕事もない者たちや、追われている身の者が身を隠すために泊まったりすることもある。

辰吉は戸を開けて土間に入る。すぐのところに三十代半ばのがっしりした体つきの細目の奉公人の岩松《いわまつ》がいた。岩松は数年前からここで働いている。いつも如才がないが、時折暗い表情をするときがある。

「辰吉さん」

岩松は辰吉と目が合うなり、不安そうな面持ちになった。

「ちょっと伺いたいことがあるんです」

「もしかして、利八《りはち》さんのことですかね」

「利八さん？」

「ええ」

岩松は一度奥に下がると、宿帳を持って戻って来た。

後ろの方の頁《けつ》を開き、

「この人なんですけど」

と、指で示した。

そこには利八という名前と伊豆国韮山《いずのくににらやま》の住まいが書かれていた。その横には、鶴《つる》という名も記されている。

「鶴というのは一緒にいた娘で、江戸に奉公に来たと言っていました。だから、この日泊まっただけでしたが、父親の利八はもう一泊すると言って出たっきり帰ってこなかったんです」

岩松は早口で言い、

「何かあったんですか」

と、きいた。

辰吉は岩松の目を見て、少し間を置き、

「今朝、杉ノ森稲荷で死体が見つかったんです」

「それが利八さんってことですか？」

「顔を検《あらた》めてもらわないとまだわかりませんが」

「下手人は？」

「それもまだわかっていません」

そう言ったとき、廊下の奥の方から、頭部が薄く、ようやく髷が出来るくらいの絹兵衛がやって来た。六十くらいという歳の割に顔の皺が少なく、体も丈夫そうだ。若い頃は喧嘩に明け暮れていたという噂通りの力強さが残っている。

「旦那」

岩松は振り返って言う。

「何があったんだ」

岩松は辰吉をちらっと見た。

「こちらに泊まっていた利八さんと思われる男が殺されて、杉ノ森稲荷で発見されました」

辰吉が答えた。

「利八というと娘を連れていた？」

絹兵衛がきき返す。

「はい」

辰吉は頷いた。

「あの人は金があるわけでもなさそうだったから、物盗《ものと》りということはないだろうな」

絹兵衛が考え込んだ。

この宿に泊まるくらいだから、あまり金を持っていないことはわかるが、辰吉には娘が奉公に来たというのが引っ掛かる。小さな子であれば、親が付き添いに来るというのは考えられるのかもしれない。しかし、十六、七の娘だ。

辰吉はおりさと初めて出会ったときのことを思い出した。おりさも同じように男の人に連れられて、江戸に出てきた。

「ふたりがここにやって来た時のことを詳しく教えてください」

辰吉は絹兵衛と岩松を交互に見た。

「一昨日の五つ（午後八時）くらいにやってきまして、私が応じました」

岩松はそう言って、語り始めた。

利八は二日間泊まらせて欲しいが、いくらなのかと聞いてきた。『伊賀屋』は部屋によって値段が違う旨を説明すると、一番安い大部屋は年頃の娘もいることだし、他の男の目があると困るからと利八は言って、次に安い一階の奥の厠《かわや》に近い四畳半の陽《ひ》の入らない部屋にした。

前払いで木賃を受け取り、宿帳を書いてもらってから部屋へと案内した。その途中の廊下で娘が江戸で奉公することになって、その付き添いで来たということを聞いた。岩松が鶴に目を向けると、鶴は顔を隠すように俯《うつむ》けた。

部屋に着いてから、ひと通り宿の説明をして、

「何かと物騒だから、四つ（午後十時）には戸締りをしていますので」

と、岩松が言った。

「今日は外には出ないから。明け六つ（午前六時）には宿を出たいんだけど」

利八が言う。

「わかりました」

「よろしく頼むよ」

利八は「少ないけど」と言って、一文をくれた。

それから、翌朝の明け六つに利八と鶴が出て行く姿を目にしているが、それが最後だと岩松が言った。

「旦那はふたりのことは？」

辰吉は絹兵衛を見た。

「娘は見ていないが、利八さんとは厠に行く途中、廊下で会った。ちょうど、重なってな。利八さんに先に入ってもらったんだ」

絹兵衛は答えた。

「内儀さんにも話を聞けますか」

辰吉はきいた。

「いや、あいつは五日くらい前から寝込んでいるんです」

絹兵衛は首を横に振った。

「そうですか」

それならば、きく必要はないと思い、

「利八さんが来た日に泊まっていた客は何人いましたか」

辰吉は宿帳を手にしている岩松にきいた。

「そうですね……」

岩松は指先を舌で濡《ぬ》らし宿帳を捲《めく》った。

「その日は少なくて、一階に利八さんたちともうひと組、二階にひとりだけですよ」

「その人たちはまだ泊まっていますか」

「ええ、どちらも」

「お話を伺っても？」

辰吉がきくと、岩松は絹兵衛を見た。

「まあ、仕方ないな」

絹兵衛は眉《まゆ》をひそめたが認めた。

二階の客は京に住む狩野《かのう》派の絵師で、しばらく滞在するようだ。数年に一度は江戸に出て来るので、その度にこの宿を使っている。一階の客は江戸に買い付けに来ている上方の商人の旦那と奉公人だそうだ。一階の客は日暮れくらいに戻ってくるはずだというので、辰吉は二階に上がらせてもらい、絵師に話をきくことにした。

二階の奥の角部屋の前に立つと、意外なことに襖が新しかった。辰吉は襖に気を取られていながら、

「秋雪《しゆうせつ》先生」

岩松が声を掛けるのを隣で聞いていた。

「なんだ」

中から、しゃがれた声が聞こえてくる。

「お伺いしたいことがあるので入ってもよろしいですか」

「酒代の催促か」

不機嫌そうな声だった。

「いえ、それはお帰りの時にまとめて頂ければよろしゅうございます」

「なら構わぬ」

「失礼いたします」

岩松が襖を開けた。

辰吉は頭を下げて、中に入った。少し酒が回っているのか、ほんのりと赤い顔をして秋雪が、誰《だれ》だという目つきで辰吉を見てくる。

秋雪の傍には徳利《とっくり》がふたつ並べて置いてあった。秋雪は盃《さかずき》を手にしている。

辰吉は秋雪の前に座った。岩松はそのまま立ち去ると思っていたが、辰吉の横に腰を下ろした。

辰吉は岩松を気にせず、

「通油町の岡っ引き忠次親分の手下で、辰吉と申します」

と、挨拶《あいさつ》をした。

「何か起こったのか」

秋雪が盃を畳に置き、身を乗り出すようにきいた。

「一昨日、こちらの宿にやって来た客人が殺されまして」

「殺されただと？　この宿でか」

「いえ、杉ノ森稲荷の境内で。一階の厠の近くの部屋に泊まっていた利八という男ではないかと」

「利八？」

秋雪はきき返す。

「何か気が付いたことはありませんか」

辰吉はきいた。

「そうだな……。夜中に厠へ行ったときも、灯《あか》りは点《つ》いていたな」

秋雪は思い出すように言った。

「夜中に？」

「何やら謝っていた。お前をこんな辛《つら》い目に遭《あ》わせてしまってとか何とか」

「他に聞こえたことは？」

「女の声がしたけど、よく聞こえなかった。それくらいだ」

秋雪は首を横に振った。

「わかりました。ありがとうございます」

辰吉は部屋を後にした。

まずは死体が利八のものか確かめないといけない。

そして、もし利八だとしたら、娘を探し出して、事情をきこう。辰吉は意気込んで、杉ノ森稲荷へ戻った。

神社では、もう死体は片付けられていた。大番屋に運ばれたのだろう。忠次と同心の赤塚新左衛門《あかつかしんざえもん》の姿もなかった。殺しの噂が広がっているのか、参拝に来る客の姿も見られない。

神社を覆う木の葉が風に揺れて、ざあーっと激しい音を立てる。いつもの烏《からす》の鳴き声はしない。春から夏にかけて繁殖期だった烏の巣から、子烏たちは既に巣立っていったのだろう。

辰吉は死体が倒れていた位置に立ち、目を瞑《つぶ》った。

利八はなぜ殺されたのか。殺されたことを娘の鶴は知っているのか。辰吉は様々な思いがこみ上げてきた。

三

辰吉は神社を出て忠次と赤塚を探しながら歩いていると、堀留町二丁目の自身番の近くで小難しい顔をして歩くふたりを見かけた。赤塚は三十代半ば、顔は面長で柔らかな顔立ちで、武士らしく凜々《りり》しいが、どこか気弱なところがある。

ふたりは辰吉に気が付かないようで、

「赤塚の旦那、忠次親分」

声をかけると、ようやく顔を向けた。

辰吉がさらに近づき、ふたりは足を止めた。

「なにかわかったか？」

忠次が出し抜けにきいた。

「はい、殺された男なのですが、利八という伊豆国韮山の男かもしれません。娘が江戸に奉公するというので、付き添いでやって来たんです。伊勢町の『伊賀屋』に二泊すると言って、娘を奉公先に送り届けに明け六つに出たきりです」

辰吉は『伊賀屋』で調べたことを、事細かに話した。

ふたりとも相槌《あいづち》を打ちながら聞いてから、

「『伊賀屋』の者に、利八の顔を検めてもらおう。死体は材木町《ざいもくちょう》の大番屋に運んである」

と、赤塚が指示した。

「へい」

辰吉は頭を下げると、すぐに『伊賀屋』へ戻った。

土間に入るなり、下駄箱を雑巾で拭いている岩松を見つけ、

「死体の顔を検めてもらいたいのですが、いますぐ来て頂けますか」

辰吉はいきなり訊ねた。

「わかりました。旦那に伝えてきますので」

岩松は土間から上がり、廊下を奥へ行き、すぐに戻って来た。

ふたりは材木町の大番屋へ向かった。

「嫌な役目をすみませんね」

辰吉は歩きながら断りを入れた。

「いえ、死体を検めたことは何度かあるんで」

岩松は唇の片方だけを引きつるように上げて、

「やっぱり宿が呪《のろ》われているんですかね。去年も客が首を吊りましたし……」

と、ため息をつくように言葉を発した。

そうこう話しているうちに、ふたりは大番屋に到着した。

赤塚と忠次が待っていた。

大番屋に上がると、土間に死体が筵を被《かぶ》せられている。死臭が漂うなか、辰吉が筵をめくると、黒ずんだ肌の男が現れた。

辰吉は岩松を見る。

岩松は眉を顰《ひそ》めて、

「利八さんで間違いないです」

と、小さな声で言った。

「ありがとうございます」

辰吉は岩松を帰らせた。岩松の足取りが少し重たそうだった。

「忠次、利八の娘を探すんだ」

赤塚が指示して、大番屋を出た。

辰吉と忠次は死体の傍に立ちながら、

「親分、十六、七の娘が江戸に奉公するのに、親がわざわざ付いてくるのもどうですかね？　口利きの者が連れて来るんじゃないですかね」

「娘想《おも》いの親なら付いてきてもおかしくはないがな」

　忠次は考え込んでから、

「死体から財布は発見されなかった。物盗りということは考えられるが、この格好からして金があるように思えない。それなのに、財布が見つからないということは」

「結構金をもっていたと？」

「ああ」

「娘を売ったということですね？」

　辰吉は確かめた。

「そう思う」

　忠次は頷く。

「ただ、娘を売るとしてもどこなのか」

　江戸には幕府公認の遊郭、吉原《よしわら》の他、四宿《ししゅく》と呼ばれる品川《しながわ》、内藤新宿《ないとうしんじゅく》、板橋《いたばし》、千住《せんじゅ》にも飯盛《めしも》り女がいる。

「日本橋まで来ているということは品川ではなさそうだな」

「板橋、内藤新宿も少し遠いですから、違う気がします。すると、吉原か、千住ですね」

「他の岡場所ということも捨てきれないが、器量がいいということだったらそうだな」

「さっそく手分けして探しましょうか」

辰吉はきいた。

「いや、無駄足にならないために、まずこの辺りで昨日の朝に親子を見た者がいないか調べてみるんだ」

ふたりは大番屋を出ると、一度『伊賀屋』の前まで行き、近辺を当たってみた。

すると、『伊賀屋』から十町（約一・一キロメートル）ほど離れた場所にある駄菓子屋の婆《ばあ》さんが、「そういや、昨日の明け六つくらいに、そんな親子を中ノ橋の袂で見かけましたよ」と言った。

「親子は何をしていたんだ」

忠次がきく。

「栄橋《さかえはし》を渡るところまで私の前を歩いていました」

中ノ橋を渡り、小舟町《こぶなちょう》、堀江町《ほりえちょう》の先に、和國橋がある。そこを越えると杉ノ森稲荷へ続く水森新道になる。左へ曲がると杉ノ森稲荷が見える角を真っすぐ進み、人形町通りを突っ切って浜町川《はまちょうがわ》にぶつかるところの右手に見えるのが栄橋だ。

「朝早くから父娘《おやこ》が歩いているのがちょっと気にかかって、このふたりはどこへ行くんだろうと思いました」

「ふたりは何か話していたか」

「いえ、重々しい感じで、黙ったまま歩いていましたよ」

婆さんは思い返すように上目遣いで言う。

「栄橋からそのふたりはどうしたんだ？」

「私は久松町《ひさまつちょう》の娘夫婦の家に用があったので、それからふたりがどこへ行ったのかわかりません」

婆さんは首を横に振った。

ふたりは婆さんに礼を言って別れると、栄橋へ向かった。

栄橋を越えたところの久松町は武家屋敷が建ち並ぶ中にあって、刀を扱う商店が多くある。刀といっても銘の入るような立派なものではなく、ごく安い新刀を売るようなところである。また、武家の奉公人が使う大小の木刀も取り扱う店が多く、ほとんどはここで揃《そろ》えている。

辰吉と忠次はそんな商家を一軒一軒回り、さらには道行く町人や武士からきき込みをした。この辺りの商人は普段から武家を相手にしているからか、どことなく言葉遣いも堅苦しかった。

一刻《いっとき》（約二時間）を過ぎた頃、紋付の羽織袴《はかま》を身に着けた三十歳前後の武士のふたり連れに出くわした。ひとりは眉が太く、目の小さい垢《あか》ぬけない男で、もうひとりは痩《や》せ型で剣よりも算盤《そろばん》が得意そうな男であった。ふたりとも、近くの岩村《いわむら》藩下屋敷に勤める身であった。

痩せている武士が、

「その父娘なら覚えている」

と、声を上げた。

「詳しく聞かせて頂けますか」

忠次がすかさずきいた。

「うむ。道に迷っているようだったので、声を掛けたんだ。そしたら、浅草橋《あさくさばし》はどっちの方角かと聞かれたんだ。それで、行き方を教えてやると、深々と頭を下げて去って行った」

武士が説明をした。

浅草橋と聞くと、余計に吉原のように思えてきた。

ふたり連れの武士と別れて少し経ってから、

「やはり、吉原ですね」

辰吉は決め込んで言った。

「そうだと思うが、一応浅草橋の辺りでもきき込んでみよう」

忠次は慎重に言った。

「そうですか」

辰吉はそこまで念を入れる必要はないと思いながらも、忠次には逆らわなかった。

浅草橋に着いた頃には、もう陽が傾き始めていた。

浅草橋やその近くの両国広小路《りょうごくひろこうじ》には、夏には陽が暮れても屋台や芝居小屋が多く出ており、大川端では夕涼みをしたり、大川に屋根船を浮かべて宴《うたげ》を開いている豪勢な者たちもいる。夏の間は大川に花火が上がるのだが、もうこの時季では見られない。

ふたりは神田川《かんだがわ》沿いの舟宿や、料理屋をしばらくきき廻った。だが、朝早くだったからか、利八と鶴の姿を見ている者はなかなか現れなかった。

ある舟宿を出ると、

「晩夏っていうのは、寂しいですね……」

辰吉は忠次にぽつりと言った。

「やけにしみったれたことを言うじゃねえか」

忠次が苦笑いする。

「最近、つくづく季節の変わり目に感傷的になっちまいまして……」

「女がいないからだ」

忠次は決め込んだ。

「女がいても……」

辰吉は口にして、ふとおりさの顔が浮かんだ。

「いまいい感じの女はいねえのか」

忠次は次にどこにきき込むか考える風に辺りを見渡しながら訊ねた。

「いません」

「言い寄って来る女もいるだろう？」

「いえ」

辰吉は短く否定した。

「おりさのことをまだ引きずっているのか」

「いえ、あっしには捕り物の道しかないと腹を括《くく》っているんで」

「捕り物の道か……」

忠次は珍しくため息混じりに繰り返した。

「親分、大丈夫ですか」

辰吉は忠次の顔を覗き込むように確かめた。

「えっ、何がだ」

「ここんところ、元気がないような」

「そんなことねえだろう」

「いえ、明らかに違いますよ。他の手下たちも心配していますよ」

今まで触れていなかったが、はっきりと告げた。

「歳のせいだろう。気にするな」

忠次は言い切る。何か隠しているのは、間違いない。だが、普段は全く弱い部分を出さない忠次だ。悩み事があるなら、正直に話して欲しいと思いつつも、絶対に話してくれないとわかっていた。

「ともかく、この殺しを早く解決してやりてえな。何だか可哀想《かわいそう》になってきた」

忠次は暗い声で言い、

「あいつにきいてみよう」

浅草橋の北詰の広場の一角で筵を敷き、その上に草履《ぞうり》を並べている男を指した。

男は辰吉と忠次が近寄るなり、びしっと姿勢を直して正座した。

「お前さんはいつもここにいるのか」

忠次が切り出した。

「へい、ここのところは毎日明け六つから、暮れ六つまで」

「じゃあ、昨日の明け六つ半（午前七時）頃、ここを父娘が通ったのを見ていなかったか。ふたりとも垢ぬけなくて、少しみすぼらしい格好だ。父親は額に大きな黒子があって、娘の方は十六、七で……」

忠次がそこまで言うと、

「あっ、いました、いました」

男は思い出したように手を叩き、

「そういえば、誰か男と一緒にいましたね」

「どんな男だったんだ？」

忠次がすかさずきく。

「あっしは目が良くないんで、わからないですけど、肩幅の広い大きな若い男でしたよ」

「肩幅の広い大きな若い男……」

探索を続けていると、浅草橋近辺だけでなく、蔵前《くらまえ》、駒形《こまがた》、今戸《いまど》あたりでも三人の姿を見かけたという者が現れた。

利八と鶴は誰かと一緒に吉原に行ったのだ。その男は一体何者なのだろうか。もしかしたら、女衒《ぜげん》なのだろうか。

利八と鶴は浅草橋を渡り、蔵前の方に向かって歩いた。途中の商店の人々に話を聞いてまわると、何人かから利八、鶴、そして大柄な男が吉原の方へ向かったということを聞いた。

「吉原で決まりだな」

忠次は確信するように言った。

四

黒塗りの瓦屋根の吉原大門《おおもん》をくぐった右手に、四十代半ばの体格のよい男が腕を組みながら目を光らせて居た。吉原を縄張りとする金吾《きんご》という岡っ引きだ。

金吾は実際の年齢よりも五歳くらい若く見え、どこか遊び人風の雰囲気がありつつも、気品も兼ね備えている。金吾は元々、吉原の芸者の子どもで、父親は誰かわからからないが、噂によるとどこかの大名の御落胤《ごらくいん》ではないかという人もいる。

見かけによらず、悪党と対峙《たいじ》するときには、容赦ないという噂を耳にする。

金吾は辰吉と忠次に気づくなり、

「誰か追っているのか」

と、きいてきた。

「ちょっと、聞きたいことがありまして」

忠次が軽く頭を下げた。

「聞きたいこと？」

「昨日の朝、四十過ぎの額に大きな黒子のある父親と、十六、七の娘の父娘がやって来ませんでしたか？　肩幅の広い大きな若い男も一緒だったかもしれませんが」

忠次がきいた。

「もしかしたら、角町《すみちょう》の『三笠屋《みかさや》』かもしれないな」

金吾が腕を組んで答えた。

『三笠屋』は比較的新しい中見世《みせ》である。しかし、中見世の中でも、結構器量よしが揃っているというので評判が良い。

「金吾親分はその父娘を見たんですか？」

「見廻りをしたとき、そんな父娘がいたことをどこかで聞いた。まあ、『三笠屋』で聞いてみな。俺も付いて行くから」

「へい」

三人はさっそく、角町の『三笠屋』へ向かった。

角町は大門をくぐり、江戸町《えどちよう》を抜けた先の左手にある一角で、江戸町二丁目と京町《きようまち》二丁目に挟まれ、大路を介して新吉原揚屋町《あげやちよう》に対する南側にある。

町名は元吉原の頃からあり、京橋《きようばし》の炭町《すみちよう》にあった遊女屋を移したとも、京都角町の遊女屋を移したともいわれる。吉原七不思議のひとつに「角町あれど隅にあらず」とある。

『三笠屋』に着くと、新しい店の香りがする。

もう夜見世が始まっていて、格子の前には品定めをする客たちが集まり、見世の若い衆たちは上がってもらおうとおだてている。

忠次がそんな様子に構うこともなく、土間に入った。

「いらっしゃいまし……。あっ、これは金吾親分」

眉毛の下がっている人の好さそうな番頭が声を上げた。

「どうしたんですか?」

「この忠次がききたいことがあるって言うんだ。楼主を呼んでくれ」

金吾が言うと、内所から楼主が出てきた。

「頼んだぞ」

金吾は去って行った。

楼主は岡っ引きが来ては他の客が嫌がると思ったのか、急《せ》かすように上がらせて、内所の横の小部屋に案内した。

上座に忠次と辰吉が座り、楼主はその対面に腰を下ろした。

「昨日、利八という男が鶴という娘を連れてこなかったか？」

忠次は出し抜けに言った。

「ええ、来ました」

「そうか」

忠次は軽く膝《ひざ》を叩いた。

「それがどうしたんです？」

楼主は不思議そうにきく。

「実は利八は殺された」

「えっ……」

楼主は口を開けたまま、言葉を継げない。

「ここで鶴を売った金を受け取ったあとだ。きっと、懐に金がたんとあるのを下手人は知って殺したに違いない」

忠次は決めつけるように言ってから、

「利八と鶴は男と一緒にいたようだが女衒か？」

と、きいた。

「男？」

楼主はきょとんとした顔をする。

「若くて、肩幅の広い大きな男なんだが」

忠次はおかしいなというように、眉をひそめた。

「そんな男は知りません。うちに来たのは、父親の利八と鶴だけです」

楼主はきっぱり言った。

辰吉と忠次は顔を見合わせた。浅草橋で利八と鶴はその男と一緒になってから、途中までは三人でいる姿を目撃されている。

それなのに、ここには来ていないというのはどういうことだろうか。

「父娘はいきなり訪ねてきたんですか」

辰吉が口を挟んだ。

楼主はちらっと辰吉を見てから、

「そうです」

と、答えた。

「男が外で待っていたということはねえか」

忠次が確かめる。

「いえ、それはなかったです。もし、そのようなことがあれば、若い衆が気付いて中に入れるはずです」

楼主はきっぱりと言い切った。

「利八はどうやってこの店を知ったんだ」

忠次が腕を組んで、呟いた。

「何でも近所に住んでいた娘が、うちにやって来たんです。それで『三笠屋』という名前を知っていたと言っていました」

楼主がすぐに答えた。

「その娘っていうのは？」

「初里《はつさと》という子です」

「いまもいるのか」

「はい、連れて来ましょうか」

「いや、まずは鶴と話をさせてくれ」

「わかりました」

楼主は部屋を出た。それから、しばらくして、張りのある白い滑らかな肌の女が番頭に連れられてやって来た。まだどこか垢ぬけない感じがするが、これで洗練されたら、相当人気が出るだろうというのが、女遊びをしない辰吉にも感じ取れた。

鶴は心細そうな顔をして、唇が微《かす》かに震えていた。

その姿を前に、辰吉は利八が殺されたことを告げるのは酷に思えて忠次を横目で見た。

忠次は構うことなく、

「お前さんのお父《とっ》つあんは杉ノ森稲荷で殺された」

と、告げた。

「まさか、お父つあんが」

「残念だが」

「人違いじゃございませんか。お父つあんに限って……」

「お前さんが泊まった『伊賀屋』の奉公人が顔を検めた。間違いない」

忠次は鶴の目をしっかりと見て言った。

「そんな……」

鶴は力なく言いながら、嗚咽《おえつ》を漏らして、顔を両手で押さえながら突っ伏した。

「鶴」

楼主が同情するように呼び掛けて、鶴の背中をさする。鶴の泣き声はますます大きくなり、廊下からは足音が伝わってきて、

「旦那、大丈夫ですか」

と、若い男の声がした。

「ああ、何でもない」

楼主がそう言うと、男は引き下がった。

辰吉は泣き崩れている鶴の姿を見て、胸が痛んだ。

殺された家族に事実を伝えることが一番辛い。忠次はいつも、もっと気を遣うような言い方をしている。なんで今日に限って、はっきり告げるのだろう。

辰吉は掛ける言葉もなく、ただ泣きじゃくる鶴を見守っていた。

やがて、鶴が顔を上げて、

「取り乱して申し訳ございません」

と、謝った。

「いや、俺たちは一刻も早くお前さんのお父つあんを殺した下手人を捕まえる。そのために、詳しいことを話してもらえるか」

忠次は強い口調で言った。

「はい」

鶴はまだ泣きたそうな顔をしながらも頷く。

「浅草橋で男と会ったそうだな」

「はい」

「その男は誰なんだ？」

忠次は確かめるが、

「知りません」

鶴は力なく答える。

「知らない？」

「はい。いきなり、父が声を掛けられたんです」

「何て？」

「韮山の利八さんじゃないかって」

「じゃあ、お前のお父つあんの知り合いか」

「そうだとは思うんですが、父も覚えていないようでして……。でも、以前旅先でお世話になったとその男は言っていました」

「それから、吉原まで一緒に来たのか」

「ええ、父が正直に話しまして、『三笠屋』まで案内してくれるということになりました」

「なるほど」

忠次の目が鋭く光った。

辰吉は下手人に近づいている気がしてきた。

「男の特徴を教えてもらえるか」

忠次がきいた。

「はい。歳は二十五、六だと思います。肩幅の広い大きな、細目の男です。右目の下に米粒ほどの痣《あざ》がありました」

「右目の下に米粒ほどの痣か」

忠次が繰り返してから、

「他には気づいたことは？」

と、きいた。

「いえ……」

鶴は首を横に振った。

「そうか」

忠次は小さく頷き、辰吉に横目で合図をしてから腰を浮かした。

「お鶴さん、必ず下手人を捕まえますんで」

辰吉はしっかりと鶴の目を見て、力強く言い、部屋を後にした。

表まで番頭が送りに来た。

「利八がここを出てからの足取りはわかるか」

別れ際に、忠次が番頭にきいた。

「いえ」

番頭はわからないようで、忠次は辰吉を横目でちらっと見た。周囲をきき込むぞと目で訴えているように感じた。

『三笠屋』の前には、すでに登楼の客が絶え間なくやって来ていた。皆、浮かれた顔をしている。上の座敷からは三味線《しゃみせん》や唄《うた》が聞こえる。

どこの見世も今日は賑《にぎ》わっているようだ。

「どうだ、遊んでいくか」

忠次が柄になく軽口を叩いた。

「何言っているんですか」

辰吉は笑って返すが、すぐにふたりとも険しい顔つきに戻った。

「そうだよな」

忠次は辺りを見渡しながら、小さく呟いた。

「親分、何かありましたか？」

辰吉はきいた。

「何かって？」

「いや、いつになく顔つきが……」

「そんなことねえだろう」

忠次は眉間に指を摘《つ》まむように押し当ててから、

「それより、浅草橋の男が、利八の殺しに関《かか》わっている気がする」

と、言った。

「あっしもそうも思います。男は吉原まで来てそれからどこへ行ったんですかね」

「利八が話を付けるまで近くで待っていたのかもしれねえな」

「じゃあ、この辺りを探ってみましょう」

辰吉と忠次はこの近くで待てそうな場所を当たってみた。

『三笠屋』のはす向かいの居酒屋で、

「そういえば、その男を知っています」

と、愛想の好さそうな四十くらいの女が言った。

「詳しく教えてくれ」

忠次がきいた。

「この出入口に近い所に座って、ずっと外の様子を窺《うかが》っていましたね。半刻（約一時間）くらいで出て行きましたよ」

「何か変わった様子はなかったか」

「よく私はお客さんに話しかけるんですけど、何をきいてもまともに答えてくれなかったですね。常に外の様子が気になるようで」

女は少し不満そうに言った。

辰吉と忠次はそれから居酒屋を出て、浅草橋の男のことをきいて回ったが、皆、いまは忙しいのか、面倒くさそうな顔をされた。

「もういいだろう」

忠次はそう言い、吉原を後にした。

五

翌日の朝、辰吉が目覚めると小降りの雨が腰高障子《こしだかしょうじ》を叩いていて、少し肌寒かったが、朝飯を食べてから一服して外の様子を窺うと雨は止んでいた。しかし、地面がぬかるんでいるので、辰吉は古い下駄《げた》を履いて長屋を出た。

忠次は赤塚新左衛門と一緒にきき込みに回っているので、辰吉はひとりで浅草橋へ赴いた。

雨のせいか人出は昨日ほどではないが、舟宿や辺りの商店には出入りする客たちの姿がちらほら見える。

辰吉は周辺の店々を訪ねて、

「すみませんが、一昨日の朝方、この辺りで右目の下に米粒ほどの痣のある肩幅の広い大きな男を見かけませんでしたか」

と、きいて回った。

だが、見かけたという者はいても、その男が誰なのかわかる手掛かりは掴《つか》めなかった。ただ、誰も知らないということは、この辺りに住んでいる者ではないというのは確かだろう。

そもそも、男はたまたま、利八と鶴を見かけて、声を掛けたのか。それとも、元々狙っていたのだろうか。

利八殺しは金目当てのようである。

利八の格好からして、金のあるように思えないし、鶴を吉原に売るということは一目見ただけではわからないのではないか。

だとすると、利八が鶴を売ることを予《あらかじ》め知っていたのか。

それなら、どこでそのことを知ったのか。

辰吉は浅草橋から利八が泊まっていた伊勢町の『伊賀屋』に向かって歩き出した。

そして、道行く者たちや、通りの商店の奉公人たちに、浅草橋の男のことを訊ねてみたら、見かけたような気がすると答える者たちは何人かいた。しかし、全員がその男をよく見ておらず、曖昧なことしかわからなかった。

そうこうしているうちに、『伊賀屋』まで辿《たど》り着いた。

表で掃き掃除をしていた岩松が辰吉を見つけ、

「辰吉さん、殺しの探索ですか」

と、近づいて声をかけてきた。

「ええ、そうなんですけどね」

辰吉は軽く頷き、思わずため息をついた。

「困っているんですか？」

岩松が顔を覗き込む。

「手掛かりはあるんですが……」

「どんなことですか？」

「えっ？」

「いや、私も何か下手人を探すお手伝いが出来ればと思います」

岩松は意気込んで言った。

「ありがとうございます」

辰吉は言おうかどうか迷ったが、真っすぐな眼差しで見て来る岩松に、

「利八と鶴はここを出てから吉原に向かったようです。その途中、浅草橋で右目の下に米粒ほどの痣がある肩幅の広い細目の男に出くわして、吉原まで一緒に行っています。ただ、そこからの足取りがわからなくて……」

と、正直に答えた。

岩松は険しい顔で押し黙っていた。

「どうしたんです？」

「いや」

岩松は首を横に振ってから、

「じゃあ、その男が下手人かもしれないってわけですね」

と、きいてきた。

「下手人でなくても、殺しに関わっていると思います」

辰吉が言うと、岩松は、

「そうですか。じゃあ、あっしはまだ掃除が残っていますので」

と言い、そそくさと離れて行った。

すると、そこに絵師の秋雪が通りがかった。

「お前は昨日の……」

「どうも」

「殺しのことで何かわかったか」

秋雪がきいてきた。

「実は……」

岩松に言ったことと同じことを話した。

「待てよ。もしかしたら、あの男かもしれないな……」

秋雪が上目遣いで、思い出すように言った。

「あの男？」

辰吉はきき返した。

「俺も詳しくは知らないし、三年以上前の話だが、似たような容姿の盗賊がいた。今戸の方の人気《ひとけ》のない通りで声をかけられて、途中吉原まで一緒だったそうだが、相手の様子がおかしいと思い、折を見て逃げ出した。そしたら、男は匕首《あいくち》を振りかざして、追いかけてきたらしい」

秋雪は思い出すように上目遣いで答えた。

「その人はどうなったんですか」

辰吉は身を乗り出すようにきいた。

「運よく近くを通りがかった者がいて、それ以上は追いかけてこなかった。そのことを同じ商売の仲間に聞いたら、時々出没する雨《あめ》の甚五郎《じんごろう》という男じゃないかと言われたそうだ」

「雨の甚五郎……」

聞いたことのない名前だ。

「何でも大雨に打たれた観音様《かんのん》を背中に彫っている博徒《ばくと》だ。俺も実際に見たことがないのでわからないがな」

「そうですか。ありがとうございます」

辰吉は礼を言って『伊賀屋』を離れて、伊勢町河岸《いせちようがし》を南に進んだ。江戸橋を越して、さらに日本橋川と楓川《もみじがわ》の合流するところに架かる海賊橋《かいぞくばし》を渡る。山王《さんのう》神社の旅所がある坂本町《さかもとちょう》を通り、千川《せんかわ》屋敷を抜けると、亀島川《かめじまがわ》に架かる霊巌橋《れいがんばし》を渡った。新川《しんかわ》を越して、越前堀《えちぜんぼり》の小さな稲荷のはずれにある塀で囲われた橘家圓馬《たちばなやえんば》の家に着いた。

圓馬は有名な噺家《はなしか》であるが、それよりも賭場《とば》で稼いでいる。賭場が開かれていると密告をする噺家連中がいるが、一度も博打《ばくち》をしているところを押さえられていないので、圓馬が捕まったことはない。むしろ、圓馬は胴元をしているのにもかかわらず、なぜか岡っ引きたちとも親しくしている。辰吉は忠次の手下になる前、ここの賭場に出入りしていた。

門をくぐり、庭を通って、表戸を開けた。

「すみません」

声を上げると、すぐに背の高いひょうきんな顔付きの若い前座が現れた。

「師匠《ししょう》は？」

「奥にいます」

そう聞くと、辰吉は履物を脱いで、廊下を奥に進み、突き当りの部屋の前で腰を下ろした。

「師匠、辰吉でございます。よろしいですか」

辰吉は声をかけると、

「ああ」

中からしゃがれた細い声が聞こえて来る。

襖を開けると、圓馬が猫背でネタ帳に目を通していた。

辰吉は正面に腰を下ろし、

「雨の甚五郎って男を知っていますか」

と、訊ねた。

「雨の甚五郎？」

圓馬が目だけを辰吉に向けた。

「ええ、背中に大雨に打たれた観音様を彫っている博打うちだそうで。右目の下に米粒ほどの痣がある男です」

「知ってる。何度か顔を合わせたことがある」

圓馬がぽつりと答えた。

「最近会いましたか」

「いや、ここ三年くらい見かけていねえな」

「そうですか。ちなみに、どこに住んでいるかわかりますか」

「さあな。前に会ったときは転々としていると言っていたけどな。一度、無宿で捕まったことがあるそうだ」

「無宿で？」

「ちょっと偏屈な野郎で、あまり人と関わるのが好きじゃねえんだ。長屋住まいが合わなくて、無宿をしていたとか」

圓馬がそう言ってから、

「今戸の方で過ごしていると耳にしたことがあるが、それもどうだか」

と、思い出すように言った。

「今戸ですか」

「もうとっくに引っ越していると思うがな。何で雨の甚五郎を探しているんだ」

圓馬が低い声できく。

「ちょっと、あることに関わっているような気がしまして」

「あることって？」

「……」

まだ雨の甚五郎だと確信していないので迷ったが、

「辛気臭《しんきくさ》いな。教えてくれてもいいじゃねえか」

と、圓馬が愚痴っぽく言った。

「まだわかりませんが、昨日の杉ノ森稲荷での殺しです」

辰吉は渋々答えた。圓馬が他人に漏らすことはないだろう。

「そういや、弟子がそんなことを言っていたな。何でも金目当ての殺しだって？」

「ええ」

辰吉は頷く。

「まさか、雨の甚五郎がな……」

圓馬は信じられないといった風に首を横に振る。

「どういうことです？」

辰吉はきいた。

「あいつは人一倍金に目のない男だが、常に冷静な男だ。頭も切れるし、人を殺すような馬鹿な真似《まね》をするとは思えない。それよりも、博打が強いんだから、賭場に行って、稼いでくる方が遥《はる》かに割がいいと考えるはずだ」

圓馬は強く言ったが、

「俺が最後にあいつと会ってから、もう三年近く経っている。もしかしたら、変わっちまったのかもしれねえ。でもな……」

と、すぐに付け加えた。

「師匠は雨の甚五郎とどこで会ったことがあるんですか」

「ここに来たこともあるし、駒形にある『蕎麦政《そばせい》』っていう蕎麦屋でたまたま会って話したこともある」

「そうですか。雨の甚五郎と親しい者は知りませんか」

「さっきも言った通り、偏屈で、ひとと絡むことは殆《ほとん》どない」

「わかりました。ありがとうございます」

辰吉は頭を下げてから立ち上がり、部屋を出た。

雨の甚五郎が人を殺すような男ではないという圓馬の考えが気になった。圓馬は人を見る目は誰よりも鋭い。浅草橋の男は雨の甚五郎ではないのか。それが雨の甚五郎だとしても、殺しとは関わりがないのか。

外に出ると、ぐずついた黒い雲が一面に広がっていた。

辰吉が通油町に戻ると、道端で妹の凜《りん》と三味線弾きの杵屋《きねや》小鈴《こすず》に出くわした。小鈴は三十過ぎで、妙に色っぽい。引く手あまたなのに、男との浮いた話もない。三味線一筋で、凜も慕っている。

「師匠、どこかへお出かけだったんですか」

辰吉は近づいて声をかけた。

「辰五郎《たつごろう》親分のところへ行ってたんだよ。お前さん、しばらく帰っていないようだね」

小鈴がきつい声で言った。

「ええ、ちょっと忙しくて」

辰吉は頭を搔《か》いた。

「親分はいま腰を痛めて動けないんだよ」

「えっ、親父《おやじ》が？」

辰吉は凜を見た。

「庭の木を切るときに、足を滑らせて脚立から落ちちゃって」

凛が答える。

「今度見舞いに行きなさいよ」

小鈴に軽く叱りつけるように言われて、別れた。

辰吉は心配になりつつ、『一柳』の裏口から入り、忠次の部屋へ行った。

忠次は銀煙管《ぎんぎせる》で莨《たばこ》を吹かしていた。

「親分、浅草橋の男ですが、もしかしたら雨の甚五郎っていう男かもしれません」

辰吉は切り出した。

「雨の甚五郎？」

忠次は聞き覚えのない名前のようにきき返した。

「何でも背中に大雨と観音様の彫り物をしている博打うちだそうで。浅草橋の男と同じ、右目の下に米粒ほどの痣があるんです。一度、無宿で捕まったことがあるそうで」

辰吉はそう言ってから、さらに続けた。

「それに、『伊賀屋』にいる秋雪という絵師の話だと、以前に今戸の辺りで、雨の甚五郎と思われる男に襲われそうになった者がいるそうです。その時には、たまたま近くに人が通ったので、助かったそうですが」

「その男が怪しいな。住まいはわかるか」

「それがわかりません。圓馬師匠は何度か会ったことがあるそうなんですが、まさか雨の甚五郎が人を殺すような真似をするとは思えないって言っています」

「師匠がそう言っているのか」

忠次は眉を寄せた。

「三年くらい前に、師匠が駒形にある『蕎麦政』っていう店で、雨の甚五郎と会ったことがあるって言っていたので、これから当たってみようと思います」

辰吉は意気込んだ。

「俺は赤塚の旦那とさらに利八と浅草橋の男のことを調べることになっているんだ」

「あっしひとりで十分です」

辰吉は部屋を出た。

裏口から出るときに、内儀のおさやとばったり会った。これから出かけるような出《い》で立《た》ちで、好い香りを纏《まと》っていた。

「内儀さん、お出かけですか」

「ちょっと、寄合にね」

「そうですか。親分も出かけるそうですけど、ご一緒ですか」

「いや、違うよ」

おさやは否定してから、

「出かけるって、捕り物ではないのかい」

と、訝《いぶか》しそうにきいてきた。

「はい」

「そうかい」

おさやは顔をしかめながら、そそくさと裏口の方に急ぎ足で向かった。

『一柳』を出ると、小雨が降っていた。

辰吉は駒形町まで急いだ。

『蕎麦政』に入ると客は誰もいなかった。狭い店で、釜《かま》の前で退屈そうに立っている亭主がすぐ目の前にいる。くすんで黒くなった壁には、芝居の引きふだが貼《は》ってあった。

辰吉は忠次の手下ということを名乗ってから、

「すみません、雨の甚五郎って男を知っていますか？」

と、訊ねた。

「ええ、その人ならたまに来ますよ」

「最近、来ましたか」

「半年くらいお見えになっていませんがね」

「この近くに住んでいるのですか」

「そこまではわかりません」

「そうですか。いつもひとりで来るのですか」

「ええ、誰かと一緒のことは滅多にありませんね。一度だけ、痩せた中年の男の方と何やら話していたのを見かけたことはありますが」

圓馬のことだと思った。

他にも何かきこうと思った時、外からざあーっと激しい雨音がした。それと同時に、三十くらいの職人風が店に駆け込んできた。

「親父、ひでえ雨だぜ」

男が亭主に向かって言う。

「どこかへ向かう途中だったんですか」

亭主が親し気にきく。

「いや、どこと決めてなくて、呑みに行こうって出てきたんだ。とりあえず、二合持ってきてくれ」

「はい」

亭主は徳利に酒を入れて、大きめの猪口《ちょこ》を運んだ。

「おい、こっちの方を待たせちゃいけねえぜ。蕎麦を早く作ってやんなよ」

男が辰吉を指した。

「いえ、こちらは通油町の忠次親分の手下の方で、雨の甚五郎という方について聞きに来たんですよ」

亭主が答えた。

「雨の甚五郎？　あのいけ好かねえ野郎か」

男は舌打ち混じりに答える。

「そう言わないでください。あの方もうちを使ってくださっているのですから」

「でも、お前さんだって、あいつが好きじゃねえだろう？」

「いや……」

亭主は曖昧に首を振る。

「そういや、この前、雨の甚五郎を深川《ふかがわ》で見かけたな」

男がふと漏らした。

「えっ、本当ですか」

辰吉は体を男に向けて、食い入るようにきいた。

「ああ。あれは女のところに行っていたんだろうな」

「女のところに？」

「いつも気難しい顔をしているのに、どこか表情が穏やかだったな。向こうは俺に気づかなかった」

「深川のどのあたりでしたか」

「仲町《なかちょう》だった」

岡場所のある深川七場所でも、最も繁華なところだ。

「他に雨の甚五郎のことで知っていることはありませんか」

「ないな。知りたくもねえ」

男は吐き捨てるように言って、

「それより、あいつが何をやらかしたんだ？」

と、興味深そうにきいてきた。

「まあ、ちょっと」

「気になるじゃねえか」

「まだはっきりしているわけじゃないんで」

辰吉は頭を下げた。

「そうか。あいつはああ見えても、盗みや殺しなどする柄じゃねえがな」

「……」

「まあ、いい。あいつを捕まえることがあったら教えてくれ。俺はこの裏に住む左官の亀介《かめすけ》だ」

男は酒をぐいと飲みながら言った。もう徳利が空になったのか、持ち上げて振りながら、「親父、注《つ》いでくれ」と頼んだ。

辰吉はその隙《すき》に、

「じゃあ」

と、『蕎麦政』を出た。

雨は止んでいたが、肌寒い。遠くで暮れ六つの鐘が鳴っていた。

辰吉は深川仲町へ足を急がした。

第二章　捕り逃がし

一

陽《ひ》がだいぶ傾き、涼しい風が大川から吹き付ける。

深川仲町の大通りの両側には料理屋が建ち並び、どこの店からも三味線《しゃみせん》の音が聞こえてきた。店の数も多いが、出入りする客の数も相当だった。辰吉は何軒か回ったが、雨の甚五郎を知っている者には出会わなかった。

腹の虫が鳴りだした頃《ころ》、天秤棒《てんびんぼう》を下ろして道端にしゃがみ込み、道行く人々の顔をずいと見まわしている中年の男が声をかけてきた。

「あんた、何探しているんだ」

「えっ？」

「その目つきだと、誰《だれ》か探しているらしいな」

男は見破ったように言い、立ち上がった。

「雨の甚五郎って男なんですけど」

辰吉は男を頭から足元まで見ながら答えた。

「雨の甚五郎か」

男は覚えのあるような反応をした。

「知っているんですか」

「ああ」

男は痰《たん》が絡んだのか大きく咳払《せきばら》いをした。

「甚五郎とはどういう間柄で？」

辰吉はきいた。

「その前に、教えてやるからいくらかくれねえか」

男は手を差し出した。金目当てで、教えてやるという者はよくいる。まだ手下になりたての頃には、それで何かわかるならと金を渡すこともよくあったが、大抵の場合、たいしたことは教えてもらえない。なので、今では余程重大なことを摑《つか》んでいそうな者でないと金を渡さないようにしている。

辰吉が男を見定めていると、

「賭場《とば》の知り合いだ」

男はぼそりと呟《つぶや》いた。

「賭場の？」

辰吉がきき返すと、

「その辺りのことは、まあいいじゃねえか」

男は話を逸《そ》らし、

「あいつがどこの女郎屋に出入りしていて、誰を気に入っているっていうのも知っている。どうだ、金を払う気になったか？」

男は畳み掛けるように言った。

辰吉は懐《ふところ》に手を入れて、小粒をいくらか取り出して、男に渡した。

男は金を見ずに手の中で数え、無造作に懐に突っ込んで、

「櫓下《やぐらした》の『江戸屋《えどや》』に出入りしている。そこの小菊《こぎく》って女を気に入っているようだぜ。小菊は勝気の強い深川の女郎の中でも、特に男勝りだという噂《うわさ》だ。その上、かなりの美形だ」

と、教えてくれた。

「甚五郎が『江戸屋』に行っているってどうして知っているんですか」

辰吉はきいた。

「よく見かけるんだ」

「では、最後に見かけたのは？」

「昨日だ」

「昨日？」

「ああ、それに一昨日《おととい》も見かけたな」

もしも、雨の甚五郎が下手人であれば、金はたんまり入っているはずだ。連続で来ていてもおかしくはない。

「甚五郎はそんなに頻繁に『江戸屋』に通っているのですか？」

辰吉は確かめた。

「月に一、二度くらいだ」

「そうですか。ところで、小菊はどんな女かもう少し詳しくご存知ないですか」

「背が高くて、男をたぶらかすのが巧い女だ。あいつに惚《ほ》れている野郎は何人も知っている」

男は思い出すように、指を折って数えた。

「もしかして、おやじさんも？」

「まさか、俺《おれ》はもう歳《とし》だし、女には興味ないんだ」

男は吐き捨てるように言ってから、

「ともかく、雨の甚五郎のことはその女がよく知っているはずだ。女にきけば何かわかるだろう」

と、櫓下の方向を指した。

「わかりました。ありがとうございます」

辰吉が頭を下げると、

「いいってことよ。それより、もう少し弾んでくれねえか」

男はいやらしい笑顔を向け、恩着せがましく手を差し出した。

「また何かわかったら知らせてくれ」

辰吉は言い捨て、その場を離れた。背中で、男が舌打ちをするのを聞いた。

それから、櫓下の『江戸屋』へ行った。

『江戸屋』の前に立つと、腑抜《ふぬ》けたような男が「また来てよ」と言われて出てきた。

男は未練たらしく店の中を振り返っていたが、女郎はあっさりと階段を上っていった。

辰吉が土間に足を踏み入れると、

「いらっしゃいまし」

すぐのところにいた番頭風の男が笑顔で出迎えた。

「あっしは忠次親分の手下で辰吉っていいますが、小菊はいますか」

辰吉はさっそく切り出した。

「小菊はいまお客さまについていて」

番頭は不審そうな表情で答える。

「そうですか。じゃあ、少し待たせてもらってもいいですか」

「一体どんな用です？」

番頭の腰は低いながらも、内心商売に差し障りがあるので迷惑に思っているのが見えた。ちょうど、客が入って来て、番頭は先にその客を出迎えた。

土間の端の方で、辰吉は店内を見渡した。廊下には若い衆がひっきりなしに行き来していた。

番頭は客を階段に上がらすと、辰吉の元に戻って来た。

「殺しのことで調べているんです」

辰吉は低い声で言った。

「殺し？　まさか、小菊に疑いが？」

番頭は押し殺した声で驚く。

「いえ、そうじゃありません。小菊の客で、雨の甚五郎って男です」

「雨の甚五郎っていうと、あの大きな体の？」

「ええ」

辰吉は頷《うなず》いた。

「昨日も一昨日もやってきましたよ」

「普段はどのくらいの頻度で来るんですか」

「月に一、二度ですかね」

さっきの男が言っていた通りだ。

「また、どうして二日連続で来たのでしょう？」

辰吉はきいた。

「何でも、金が入ったと言っていましたが」

「どんな金かは？」

「詳しくは聞いていません」

番頭は首を横に振った。

その間にも、また次の客がやって来て、女郎を指名すると、ちょうど空いていたようで、女が出てきて、一緒に二階へ上がって行った。

「雨の甚五郎はどんな客なんですか？」

辰吉は戻って来た番頭にきいた。

「大した客ではありません。無口で愛想のない方です」

「小菊からの評判はどうですか？」

「特に何とも言っていませんね。小菊からしてみたら、ただの客でしょう。そんなに大尽でもないですからね」

番頭はあっさり言った。

「揉《も》め事《ごと》を起こしたことはありませんか？」

「一度もありませんよ」

「いつもひとりで来るのですか」

「ええ」

「雨の甚五郎のことで悪い噂を聞いたりとかは？」

「さあ」

番頭は首を傾《かし》げた。

そうこう話しているうちに、女郎が二階から若い客と降りてきた。女郎は縮緬《ちりめん》の着物を長襦袢《ながじゆばん》なしの素肌に着て、化粧っ気はあまりなく、潰《つぶ》しの島田《しまだ》に丈長《たけなが》を飾っている。張りのある肌に涼し気な流し目がどこか素っ気なくも感じるが、妙に色っぽかった。

「また来るからな」

　客が鼻の下を伸ばして言うと、

「またっていつよ？」

　女郎がきつい口調できき返した。

「来月だ」

「じゃあ、朔日《ついたち》に来ておくれ」

「朔日？　そんな、まだ朔日に来られるかどうか」

「ともかく約束だよ。来なかったら、承知しないからね」

　女郎が客の尻《しり》を軽くつねって、送り出した。

「おい、小菊」

　番頭が声を掛けた。

「何ですね？　次のお客さんですかえ」

　小菊が振り向く。辰吉と目を合わせると、鮮やかな薄紅色の口元に笑みを浮かべた。

「違うんだ。こちらは通油町の忠次親分の手下で……」

　番頭がそこまで言い、

「辰吉って者です。ちょっと、雨の甚五郎のことで」

「甚五郎さんのこと？」

「そうです。あなたがお気に入りだと聞いたもので」

辰吉は答えた。

小菊は番頭と目を合わせた。

「内所の隣の部屋を使いなさい」

番頭が指示をして、

「どうぞ、あちらへ」

と、手のひらで示した。

辰吉は履物を脱いであがり、その部屋へ移動した。

六畳ほどの狭い部屋で、掛け軸などもない殺風景なところであった。

小菊は腰を下ろすなり、煙管《きせる》を取り出した。ゆっくりと莨《たばこ》を詰めてから、火をつけ、

「あの人はケチな男ですよ」

と煙を吐いてから、どこか小馬鹿にするように言った。

「ケチというと？」

「博打《ばくち》うちではそれなりに名が知られているんでしょうけど、そこまで男気があるよ

うなことはありませんね。酔っぱらっている時なんかに、昔の悪事について話すこともありますけど、まあ、嘘《うそ》っぽくて……」

小菊は鼻で笑った。

「昔の悪事というと？」

「喧嘩《けんか》で相手を殺したことがあると言っていました」

「殺した？」

「どうせ、嘘ですから。真に受けないでくださいよ。あの意気地なしに殺しが出来るはずがありません」

小菊はばっさりと言ってから、

「体が大きいから強そうに見えますけど、本当に意気地なしなんですよ。前にも隣の部屋で客が大声を出していたんで、あたしが黙らせてきてくれないかと頼んだら、立ち上がって部屋を出たのはいいものの、怖気付《おじけづ》いて何も言えずに帰ってきたんですよ。それも顔を真っ青にして。まさか、そんな人だとは思いませんでしたから、おかしくて」

と、小さく声を立てて笑った。

「で、甚五郎さんが何をしたんです？」

小菊は笑いを引きずったままきいた。

「昨日の杉ノ森稲荷の殺しに関《かか》わっているんじゃないかと」

「えっ？　まさか」

小菊は信じられないという表情をして、

「どういう経緯《いきさつ》なんですか」

と、身を乗り出すようにしてきいてきた。

「雨の甚五郎と思われる男が殺された男に浅草橋で声をかけたんです」

「それだけで？」

「いえ、それから、吉原まで一緒に行っています」

「もしそれが甚五郎さんだとしたら……」

「何か思い当たる節でも？」

「よく甚五郎さんが口にしている兄貴がいるんです」

「兄貴？　そいつは誰なんです？」

「名前までは知らないけど、すごく頼りになる人だとか。前にやくざ風の男たち十人くらいと喧嘩になったときに、兄貴とふたりで倒したって」

「その男はどこに住んでいるとか言っていませんでしたか」

「全く」

小菊は首を横に振り、

「でも、あの人の言うことですからね。話半分に聞いていた方がいいですよ」

と、注意した。

辰吉はそれ以外にも色々と訊《たず》ねたら、日本橋界隈《かいわい》に住んでいるということまではわかったが、そもそも甚五郎はあまり自分のことを語ることはないそうで、他に重大なことはわからなかった。

小菊の聞き込みを終え、『江戸屋』を出ると、夕闇《ゆうやみ》が迫っていた。

二

翌朝、辰吉は『一柳』に顔を出した。手下の安太郎《やすたろう》や福助《ふくすけ》たちも集まっていた。忠次が最近増えている掏摸《すり》や空き巣などの些細《ささい》なことの報告の後に、

「昨日、赤塚の旦那と吉原へ行って、利八と浅草橋の男の行方を探ってみた。利八は『三笠屋』を出た後、大門の辺りで体格のよい大きな男と一緒にいるのが見かけられている。おそらく、浅草橋の男だろう。それが昼頃のことだ」

と、ひと息置いてから、さらに続けた。

「その後、八つ（午後二時）頃に浅草にある奥山《おくやま》の腰掛茶屋に利八と浅草橋の男がいたと、茶汲《ちゃく》み女が言っている。生憎《あいにく》、何を話していたかまではわからないが、浅草橋の男が色々と気を遣《つか》っていたように見えたそうだ。それから、暮れ六つ過ぎには筋違《すじかい》御門《ごもん》のあたりで見たという者がいた。殺しがあったのは夜だから、浅草橋の男は夜になるまで利八に付き添い、金を奪う機会を狙《ねら》っていたのかもしれない」

忠次は一同を見渡しながら言い、

「辰吉、浅草橋の男が雨の甚五郎だと言いきれそうか」

と、意見を求めてきた。

「はい、あっしはそう思います。雨の甚五郎は一昨日と、一昨昨日《さきおととい》の二日連続で深川仲町の『江戸屋』という女郎屋に行っています。普段は月に一度か二度くらいしか行っていないようなんですが」

辰吉は小菊の話から、雨の甚五郎が兄貴と呼んだ男のことも話した。

「殺して奪った金で、遊びに行ったのかもしれねえ」

安太郎が怒りのこもった声で言い、福助は頷いていた。

「で、雨の甚五郎はどこに住んでいるんだ」

「日本橋界隈とまでしかわかりません」

「そうか。手分けして探すんだ」

「へい」

その場はお開きになり、辰吉は『一柳』を出ると、小鈴と三味線を担いでいる若い男の弟子に出くわした。

「あっ、師匠《ししょう》」

辰吉は頭を下げる。

「辰五郎親分のところへは見舞いに行ったのかえ」

「いえ、まだ」

辰吉は雨の甚五郎を追うことばかりに気を取られて、父が腰の怪我《けが》をしていることをすっかり忘れていた。

「駄目じゃないか」

「すみません」

辰吉は頭を掻《か》くようにして謝る。

「そんなに忙しいのかえ」

「ええ、杉ノ森稲荷の殺しの下手人を追っていて」

「ああ、近くだから恐いねって、お凜ちゃんとも話していたんだ。で、下手人の見当はついたの？」

「まだ確かな証《あかし》があるわけじゃないですが、雨の甚五郎って男が……」

辰吉がそう言った時、

「雨の甚五郎ですって？」

今まで黙っていた男の弟子が口を開いた。

「何か知っているんですか」

辰吉は弟子に顔を向けた。小鈴も振り返った。

「いや、どこかで聞いたような名前だなと思って」

弟子は目を逸らすようにしながら答えた。

「どこかでって？」

辰吉はさらにきいた。

「そこまでは……」

弟子は咳払いをして、首を傾げた。

「お前さん、何か知っていたら、ちゃんと話さなきゃいけないよ」

小鈴が厳しい目で弟子を見た。

「いえ、わかりません」

弟子は否定した。

何か知っているのだろう。だが、答えないというのは、言いにくいことなのか。辰吉は弟子の意図を汲み、

「何かわかったら教えてください。ところで、師匠はこれからどちらへ？」

と、きいた。

「三味線の皮を張り替えにいつも行く浮世小路《うきよしょうじ》の店に行くんだ」

浮世小路とは、室町《むろまち》三丁目にある横町だ。

「そうでしたか。あっしもそっちの方面なので、途中までご一緒しても？」

「構わないよ」

辰吉は小鈴たちと一緒に本町通りを真っすぐ進み、土蔵造りの大きな店々の建ち並ぶ本町三丁目と二丁目の間の通りを左に曲がった。そこからすぐのところが室町三丁目だ。

「私はここの店だから」

四辻《よつつじ》にある大きな三味線問屋に入っていた。

「では、師匠また」

辰吉は別れを告げて、しばらく歩き続けたが、頃合いを見て三味線問屋に引き返した。中を覗《のぞ》いてみると、案の定、若い男の弟子は土間で待たされていた。

辰吉は顔を覗かせ、

「ちょっといいですかい」

と、弟子を表に呼び出した。

「はい」

弟子は小さく返事をして出てきた。

店の入り口から少し離れたところで、

「さっき、雨の甚五郎のことを知っているようでしたが」

と、きいた。

「いや、それは……」

弟子は口ごもる。

「もしかして、賭場で会ったんですか」

辰吉は低い声できいた。

弟子の目が泳いでいる。

「別に、そのことであなたを捕まえることはありませんよ」

辰吉は安心させるように言ったが、それでも相手がまだ迷っているようだったので、

「殺しの下手人を捕まえるためです。教えてください」

と、真剣な眼差《まなざ》しで訴えかけた。

弟子は観念するように頷き、

「師匠には言わないでください。もし、師匠に知られたら、ただじゃすみません」

と、必死に言う。

「もちろんです」

辰吉は強く頷き返してから、

「で、どこの賭場で？」

と、きいた。

「福井《ふくい》藩の上屋敷の中間《ちゆうげん》部屋です」

「そうですか。よく会うんですか」

「月に一度くらい」

「雨の甚五郎とは話すこともありますか」

「いえ、いつもあの人はぶすっとしているので、あっしは近づきません。ただ、あっしの仲間がよく声を掛けていて」

「その仲間っていうのは？」

「鎌倉町《かまくらちょう》の亀三郎《かめさぶろう》さんです」

「亀三郎さんは何をされている人ですか」

「『亀屋《かめや》』という下駄問屋の二代目です」

弟子が答えてから、

「あの亀三郎さんに、あっしが言ったことは……」

と、心配そうに言う。

「ちゃんと心得ています」

辰吉は弟子にそう告げて、鎌倉町へ向かった。

もしわからなければ、自身番できこうと思ったが、『亀屋』は大通りに面していて、軒先に大きな下駄の形の看板が立てかけてあったので、すぐに見つけることが出来た。

暖簾《のれん》をくぐり、すぐ近くにいた三十前後の奉公人に、

「亀三郎さんはいらっしゃいますか」

と、たずねた。

「いま二階におります」

「よければ、お話があるとお伝え願えませんか」

「いいですけど、あなたは？」

「通油町の辰吉と言います。表で待っておりますので」

辰吉は外に出て、二階を見上げた。

窓から顔を出し、煙管を咥《くわ》えながら遠くを眺めている男の姿が見えたが、すぐに消えた。しばらくすると、その男が強張《こわば》った顔で店から出てきて、辰吉の前に現れた。

「亀三郎さんで？」

辰吉は確かめた。

「そうですが」

亀三郎は疑わしそうな目を向ける。

「あっしは忠次親分の手下で、辰吉です。雨の甚五郎のことで、ききたいんですが」

辰吉が説明すると、亀三郎の顔がますます固くなる。

「博打のことで、とっ捕まえようってわけじゃないんで安心してください。雨の甚五郎とは、知り合いですね」

「まあ……」

亀三郎が口ごもる。

「親しいんですか」

「顔を合わせれば話し掛ける程度です」

「甚五郎はどういう男ですか」

「どういうって言われても、ただの博打好きくらいとしか知りません」

「たとえば、金に困っていたとか？」

「そう言われてみれば、困っているというわけではないですが、好きな女がいるようで、何か儲《もう》け話があれば教えて欲しいと言われたことはあります」

亀三郎は思い出すように答えた。

「賭場で揉め事を起こすことはありませんでしたか」

「いえ、一度も。本当に、無口な奴《やつ》なんです」

「以前に甚五郎が喧嘩でひとを殺したことがあるということは聞いたことありますか」

「まさか、あの甚五郎さんが人を殺すなんて……」

亀三郎は信じられないという口調で言った。

「どういう訳で、そう思うんですか？」

辰吉はきいた。

「あの人は自分を大きく見せることがありまして。賭場で喧嘩が起こりそうになると巻き込まれるのが嫌なのか、急に帰ってしまうんです」

やはり、誰もが甚五郎は人を殺せるような男ではないという。

「甚五郎に、兄貴と呼ぶ男がいるそうですが」

「兄貴？　さあ、わかりませんね。いつもひとりで来ていますし、私以外に話す相手は特にいないと思いますが」

亀三郎は首を傾げた。店の中から亀三郎を呼ぶ声があった。亀三郎は急《せ》かすように、

「他に何かあります？」ときいてきた。

「甚五郎はどこに住んでいるか知っていますか？」

辰吉は一番知りたいことを訊ねる。

「えーと、たしか小舟町一丁目だったような」

亀三郎は顎に手を遣った。

店の中からさっきの三十前後の奉公人が出てきて、亀三郎に何やら耳打ちする。

「すみません。お邪魔しました」

辰吉はふたりに頭を軽く下げて、その場を後にした。

それから、辰吉は小舟町一丁目へ行った。

着いた頃には、ちょうど九つ（正午）の鐘が聞こえてきた。

小舟町は荒布橋《あらめばし》から入った伊勢町堀に面した東側の区域である。忠次の管轄内なので、自身番に行くと知っている顔が揃っていた。

「雨の甚五郎を探しているのですが」

辰吉は言った。

「あの人でしたら、中ノ橋の手前の右手側にある庄右衛門店《しようえもんだな》に住んでいます」

ひとりが答えた。

辰吉は礼を言って、庄右衛門店へ行った。

長屋木戸をくぐると、井戸端で赤子を背負った浅黒い肌のおかみさんが洗い物をしていた。

「あの、甚五郎さんはこの長屋に住んでいますか」

辰吉はおかみさんの背中に話しかけた。

おかみさんは手を止めて、顔を振り返らせてから、

「あそこですよ」

三軒長屋の一番奥を指した。

辰吉は目を向け、足を踏み出したとき、

「今は出かけているようだよ」

おかみさんが教えてくれた。

辰吉は足を止めて、おかみさんに向き合うように腰を下ろした。

「どこにお出かけか知っていますか」

「いや、まったく。あの人とは、あまり付き合いがないから」

おかみさんは皿を洗いながら答える。

「付き合いがないっていうのは？」

「あの人はいつもぶすっとしているから。この辺りで誰も関わる人はいないよ」

「じゃあ、訪ねてくる人もいませんかね」

「いえ、たまに来る男のひとが」

おかみさんは言った。

「どんな人です？」

もしかしたら、小菊が言っていた兄貴と呼んでいる男かもしれないと思った。

「体格の良い三十代半ばくらいのがっしりとした人だよ」

「その男を最後に見かけたのはいつですか」

「三日、四日ばかし前だったような……」

「男が来た刻限は？」

「詳しくはわからないけど、夜だったね。隣でこそこそ喋《しゃべ》っていたけど、壁が薄いから所々話声が聞こえてきたんだ」

「何て喋っていました？」

「杉ノ森稲荷とか、何とかって」

「えっ、杉ノ森稲荷？」

辰吉は思わず声が大きくなった。おかみさんは不思議そうに辰吉を見る。

「他に聞こえたことは？」

辰吉はきいた。

「そうねえ」

おかみさんは語尾を伸ばしてから、

「神田橋《かんだばし》から何かを投げ捨てたって。よく聞こえなかったんだけど」

殺しに使った得物に違いない。辰吉は、その兄貴が共犯だと確信した。甚五郎は殺していない。ただ、利八を杉ノ森稲荷へ連れて行っただけだ。

だとしたら、兄貴が命令したのだ。兄貴は利八が娘を吉原へ売りに行くことをすでに知っていたことになる。どこで知ったのだろう。

他におかみさんから聞けることはなかった。

三

夕方になって、辰吉は『一柳』の忠次の部屋に行った。安太郎と福助も既に集まっていたが、浮かない顔をしていた。

忠次は銀煙管を口に咥えながら、煙の漂う部屋に入った辰吉に「何かわかったか」と目で訊いて来た。

辰吉は腰を下ろし、ひと息置いてから、

「雨の甚五郎の住まいがわかりました」

と、口を開いた。

「本当か？」

「ええ、小舟町一丁目の庄右衛門店です」

辰吉はさらに、甚五郎には兄貴と呼ぶ体のがっちりとした男がいること、その男と見られる者が時たま小舟町の裏長屋に訪れることや、三日四日ばかし前に来たときに、杉ノ森稲荷だとか神田橋から何かを投げたと言っていたのを隣のおかみさんが耳にしたということを伝えた。

「きき込みをして回っていると、皆甚五郎が人を殺せるような者じゃねえっていうんです。甚五郎は案外気の小さいようでして。あっしが思うに、その兄貴というのが主犯で、甚五郎に指示をして、利八を杉ノ森稲荷まで連れて来させたんじゃないかと。それで、神田橋から得物を捨てたんだと思います」

辰吉は考えを述べると、

「確かに、そうだな」

忠次は銀煙管を口から離し、灰吹きに軽く叩きつけた。

「その兄貴っていうのは？」

安太郎が口を挟んだ。

「まだわかりません」

辰吉は答える。

「そうか。彦市《ひこいち》親分に聞けばわかるかもしれねえな」

忠次が呟く。彦市とは、神楽坂《かぐらざか》を縄張りとしていた五十過ぎの元岡《おか》っ引《ぴ》きで、あまり目立たないが、地道に探索を進めることで有名だった男だ。今はもう引退して、家業の乾物屋を継いでいる。

「どうして、彦市親分に？」

辰吉はきいた。

「甚五郎は過去に拾った財布を自分のものにしていたことで詮議《せんぎ》され捕まったことがある。それによると、その時の住まいは神楽坂だとわかった。処《ところ》からすると、毘沙門《びしゃもん》天《てん》の裏手あたりだ」

「なるほど。じゃあ、明日にでも行ってみましょう」

辰吉が一同を見渡して言うと、

「明日は家業の方が……」

安太郎がばつの悪そうな顔をする。

「同じく……」

福助も言う。

元々、このふたりは手のすいたときに、忠次の手伝いをする程度だ。

「じゃあ、俺たちふたりで行くとしよう」

そう決まって、その場はお開きとなった。


翌朝の五つ（午前八時）、辰吉は忠次と一緒に通油町を出て、鎌倉河岸を通って、神楽坂へ向かった。

神田橋が少し先に見えた三河町《みかわちょう》に差し掛かった時に、

「ちょっと、得物のことできいてみよう」

忠次が言い、ふたりは近くの橋番所へ寄った。

「四、五日ばかり前にここから何か投げている男がいなかったか」

忠次が訊ねると、

「ええ、いました。夜でしたがね、怪しいと思ったんで話をきいてみると、何でも歯の痛みが取れないから梨《なし》の実を投げ入れたっていうんです。信州《しんしゅう》の戸隠神社《とがくしじんじゃ》にそういう言い伝えがあるそうで、あっしは梨の実を川に流すのはいいけど、橋の上から投げちゃいけねえって注意したんですが」

中年の橋番は答えた。

「右目の下に米粒程の痣《あざ》がある、大きな男じゃなかったか」

忠次は確かめた。

「ええ、そうでした」

橋番は頷いた。

「そうか、ありがとよ」

忠次は礼を言って、橋番所を離れた。

「だんだんと近づいてきているな」

忠次が辰吉を見て言った。

それから、ふたりは一《ひと》ツ橋《ばし》の方を回り、神楽坂へ向かった。

九段坂《くだんざか》を上っている時に、色の白い、きりっとした目つきの男を見かけた。忠次は
その男を見るなり、

「あっ」

と、小さく呟いた。

相手の男も忠次に気づくなり、少し戸惑うような表情になった。

辰吉は誰なんだろうと思い、男が見えなくなってから、

「親分、さっきの人は？」

と、きいた。

「さっきの人？」

忠次は惚《とぼ》けるようにきき返した。

「すれ違った時に、声を漏らしたじゃないですか」

辰吉が指摘したが、

「そんなことねえ、お前の勘違いだ」

忠次は否定した。

怪しいと思いつつも、辰吉はそれ以上きくことはなかった。

やがて、神楽坂についた。

市谷田町《いちがやたまち》で、乾物屋を営んでいる彦市の元へ向かった。店を覗くと、彦市が退屈そうにしていた。

土間に入ると、

「忠次、久しぶりじゃねえか。それに、辰吉まで」

彦市が立ち上がり、土間に下りてきた。

「彦市親分、ご無沙汰《ぶさた》しています」

「わざわざ、ここまで訪ねてきて、どうしたんだい？」

「ちょっとおききしたいことがありまして」

「ききたいこと？」

「雨の甚五郎って男をご存知で？」

忠次が訊ねた。

「ああ、毘沙門天の裏手に住んでいたな」

「甚五郎が兄貴と呼ぶ男をご存知ですか」

「ああ、甚一郎《じんいちろう》だ」

「甚一郎？」

「あの兄弟は色々迷惑をかけていた。まあ、甚五郎は甚一郎の言いなりだった」

「その甚一郎は今はどこに住んでいるんです？」

「さあな。神楽坂のあたりでよく追剥《おいはぎ》や、殺しをしていて、一連の下手人だったんだが、俺が高輪《たかなわ》の大木戸まで追い詰めて、あと一歩のところで逃がしちまった。その後、どうやら江戸を離れたらしい。それが三年前のことだ」

　彦市は悔しそうに言った。

「甚一郎が江戸に戻ってきているということは考えられませんか」

「甚一郎が？」

　彦市はきき返してから、

「そういや、甚一郎に似た男を日本橋界隈で見かけたと、うちの奉公人が言っていたが……」

「甚一郎は甚五郎と似ていて、体が大きいんですよね」

　忠次は確かめた。

「ああ、顔は似ていないが、体つきはそっくりで体の大きさだけだったら、甚五郎の方が大きい。あとはあの兄弟はふたりとも背中に同じ彫り物が彫られている」

彦市が答える。

それから、他の事も聞いたが、特に甚一郎の居場所を特定できる手掛かりとなるようなものはなかった。

ふたりは礼を言い、乾物屋を出て帰途についた。

「辰吉、甚一郎をどうやって探す？」

忠次がきいてきた。

「おそらく、甚五郎はまた甚一郎に接触するでしょう。甚一郎が訪ねてくるかもしれませんが」

「そうだな。しばらく、甚五郎を見張ってくれるか」

「へい。でも、親分、脅しをかけたほうがいいんじゃないですか」

「脅すというと？」

「甚五郎は聞くところによると、小心者なので、杉ノ森稲荷の殺しの件でもう下手人の見当が付いていると悟ったら、きっとすぐにでも甚一郎に相談しに行くと思うんです」

「なるほどな。よし、それでいけ」

「へい」

辰吉は意気込んで言った。

辰吉が小舟町一丁目の庄右衛門店に着いたのは、昼過ぎであった。長屋木戸をくぐると、昨日のおかみさんが井戸の脇《わき》で洗濯をしていた。

「いまいるみたいだよ」

おかみさんは奥の家を指して、小さな声で言った。

「ありがとうございます」

辰吉は頭を下げ、甚五郎の家の前に立つ。中からは物音はしないが、人の気配がした。

辰吉は腰高障子《こしだかしょうじ》を叩《たた》いた。

「誰だ」

「通油町の忠次親分の手下で辰吉と言います。ちょっと、お話を」

辰吉は腰高障子を開けて、土間に足を踏み入れた。

横になっていた甚五郎は飛び起き、鋭い目つきで辰吉を見る。

「話って？」

「この間、杉ノ森稲荷で殺しがありました」

辰吉は睨《にら》みつけるように見て言った。

「杉ノ森稲荷の殺し？」

甚五郎は惚ける。

「ご存知じゃありませんか」

「知らねえな」

甚五郎は近くに放《ほう》ってある煙管を手繰り寄せる。

「殺された利八という男が、浅草橋である男に話しかけられています。利八には鶴という娘がいまして、吉原に身を売りに行ったんです。しかし、その男が付いて行きまして。吉原を出てからもずっとその男は利八と共にいて、奥山や筋違御門でも姿を見られています。それから、杉ノ森稲荷まで連れて行ったと思われます」

話している間、甚五郎は微《かす》かに震えた手で莨を煙管に詰めた。

「その男の風貌《ふうぼう》が甚五郎さんに似ているんです」

辰吉は言葉を強めた。

「つまり、俺が殺したとでも？」

甚五郎は俯《うつむ》き加減に低い声で言った。

「殺したとは思っていませんが、何か関わっているはずです」

辰吉は決めつける。

「冗談じゃねえ。俺は何も知らねえ」

甚五郎は煙管を畳に叩きつけた。

「では、四日前の夜、甚五郎さんは何をしていましたか」

辰吉はきいた。

「ずっと家にいた」

「家で何を？」

「特に何もしていなかった」

「それを見ている者は？」

「いるわけねえだろう」

甚五郎の声が徐々に荒くなる。

「じゃあ、甚五郎さんがいたというのは……」

辰吉が続けようとしたところ、

「もう帰ってくれ」

甚五郎が立ち上がって怒鳴った。

辰吉は甚五郎をきつい目で睨みつける。

甚五郎は一瞬おののいたように顎《あご》を引いて小さく息を漏らしたが、

「帰れ！」

と、また声を荒らげた。

（甚五郎は甚一郎に相談しに行くはずだ）

辰吉が家を出ると、おかみさんが心配そうな顔を向けていた。

「大丈夫だったかい？」

「ええ、何ともないですよ」

辰吉は笑顔で答え、「また」と木戸を出た。甚五郎が甚一郎のところへ行くまで近くで見張っていよう。それがいつになるかはわからない。長丁場になることも覚悟した。

そんなことを考えながら近くを周回していると、道端の大きな柳の下で、安太郎と出くわした。

「安兄、こんなところで何を？」

辰吉は足を止めてきいた。

「雨の甚五郎のことで来たんだ。お前もいるだろうから」

「でも、家業があるって」

「いや、手が空いたんだ。お前ばかりに、任せていては悪いからな」

安太郎はそう言ってから、

「忠次親分がお前のことを気にしていた。ここんところ、ずっと働き詰めで、大して休んでいないって。それに、辰五郎親分が腰を怪我して、動けねえそうじゃねえか」

「まあ、そうですけど」

「ここは俺が雨の甚五郎を見張っておくから、見舞いに行ってやれ」

安太郎が辰吉の肩を叩いた。

「でも……」

「気にするな。さ、早く」

安太郎が促す。

「じゃあ、お言葉に甘えて」

辰吉は頭を下げてから、

「甚五郎を問い詰めたので、おそらく甚一郎のところに行くはずです。だから、見張っていてください。夕方までには戻りますんで」

と、実家の大富町《おおとみちょう》に足を向けて、駆け出した。

それから半刻《はんとき》もしないうちに、辰吉は大富町の浅蜊河岸《あさりがし》にある実家の薬屋『日野《ひの》屋《や》』に着いた。

裏口から入り、居間へ行くと、辰五郎は茶を飲みながら書物を読んでいた。その隣で凜が三味線の弦を張り替えていた。

「親父《おやじ》、凜」

辰吉が声を掛けると、

「やっと来たのね」

凜は手を止め、呆《あき》れたように言った。

「来たのか」

辰五郎は顔を上げて、にこりとした。

「親父、大丈夫か」

辰吉は辰五郎の傍に腰を下ろし、気遣った。

「ああ、お医者さまにも、大分よくなってきたと言われている。あとは無茶をしなければもうじき治るって」

辰五郎は答えた。

「そうか。なら、よかったけど。見舞いに来られないですまなかった」

辰吉は謝った。

「お前が忙しいのはわかっている。俺だって散々家族を顧みなかったんだ」

辰五郎は毎度のことながら、反省するように言い、

「それより、今は何を調べているんだ」

と、きいてきた。

「杉ノ森稲荷の殺しだ。もう下手人の見当は付いている。雨の甚五郎という博徒と、その兄貴分で江戸から逃げているはずの甚一郎っていう男だ。甚一郎が殺して、甚五郎は手伝っただけだと考えているんだが」

「じゃあ、もうすぐ捕まえられるんだな」

「ああ。甚五郎が甚一郎と接触したところを捕まえようと思う」

「そうか」

辰五郎はどこか誇らし気に聞いていた。

凜が立ち上がり、茶を入れて、持って来た。

「そういえば、今日神楽坂へ行った時に、九段坂のところで色が白くてきりっとした目の男とすれ違ったんだが、忠次親分の様子が少しおかしかった」

辰吉は湯呑《ゆのみ》を持ちあげながら言った。

「おかしかったというと？」

辰五郎がきき返す。

「知り合いのようだったのに、誤魔化すんだ。あれは一体誰なんだろう……」

辰吉は茶を口に含んだ。辰五郎好みの渋い味だった。

「忠次が誤魔化す？　もしかしたら……」

「心当たりが？」

「いや」

辰五郎は首を横に振ったが、

「その男かどうかはわからねえが、実は忠次が『一柳』に婿養子に入る前にちょっとごたごたがあってな」

「ごたごたって？」

辰吉はつい体を乗り出した。凛も辰五郎に顔を向け、興味深そうな目をしている。

「内儀《おかみ》のおさやさんが付き合っていた寅助《とらすけ》という板前がいたんだ。親の反対もあって、その男と別れて忠次と一緒になった。寅助は色が白くて、きりっとした目の男だったな」

辰五郎は遠い目をして言った。

「じゃあ、寅助かもしれねえな」

辰吉は呟く。

「どうかわからねえ。忠次も寅助には何の恨みもないだろうが、女房の昔の男だ。会ったら気まずいのだろう。お前にもその気持ちはわかるだろう？」

辰五郎は辰吉の顔を覗き込むようにして言った。

「親父、もう行かなきゃならねえんだ」

辰吉は腰を上げて、部屋を出た。甚五郎はもう動いただろうか。

辰吉は庄右衛門店に急いだ。

四

暮れ六つ前、辰吉は小舟町一丁目に戻った。雨が近いのか、やけにじめじめして蒸し暑かった。

庄右衛門店から少し離れたところの道端に、町内の者が縁台に座って将棋《しょうぎ》を指していた。周りには町内の隠居や子どもなどが集まって将棋盤を覗いていた。その中に、安太郎の姿もあった。

辰吉はそこに近寄った。

「王手」

ひとりが手持ちの角を置いて、相手の玉を狙っていた。

「そう来たか……」

相手は悔しそうに言った。

「どうですか？」

辰吉は安太郎の耳元で囁《ささや》いた。

「まだ出て来ねえ」

安太郎は庄右衛門店の方をちらっと見てから、

「忠次親分がもう少ししたら来るはずだ。それに、神田橋の近くで匕首《あいくち》が見つかったらしい」

「やはり甚五郎が捨てたんじゃありませんかね」

「そうだろう」

「あっしがもう一度、甚五郎を脅してみます」

「大丈夫か？　何をしでかすかわからねえぞ」

「ええ、任せてください」

辰吉は長屋へ行った。

木戸をくぐり、一番奥の家に行くと、腰高障子越しに灯《あか》りが見える。

「ちょっと失礼しますよ」

辰吉は腰高障子を開けようとしたが、何かつっかえているようだ。

「誰だ」

中から声がした。

「通油町の辰吉です」

「また来たのか。話すことはねえ」

甚五郎が突っぱねるように言った。

「報《しら》せたいことがあるんで、開けてください」

辰吉は声を上げたが、

「……」

返事はなかった。

「甚五郎さん」

もう一度呼びかけたが、うんともすんとも言わない。

甚五郎は出てこないのだろうと悟り、

「神田橋の近くで、あなたが投げ捨てた匕首が見つかりました。梨の実だと嘘を吐《つ》いていたようですが、すぐにわかりましたよ。いくらあなたが否定しても、疑いは晴れません。直《すぐ》に親分がやって来て、縄を掛けるでしょう」

と、言い捨てて長屋を後にした。

木戸を出ると、安太郎はこっちを気にしながら将棋を見ていた。忠次と福助も来ていた。

辰吉はその横を通り過ぎて、柳の木に体を隠すようにしながら長屋木戸の方に目を向けていた。

しばらくして、長屋木戸から甚五郎が出てきた。

辰吉は甚五郎の後を尾《つ》けた。忠次、安太郎、福助も続いた。

甚五郎は中ノ橋を渡り、伊勢町に入る。後ろを気にすることなく、道を進み、やがて『伊賀屋』の前にやってきた。それから、裏手に回った。辰吉と忠次も続いた。その時、辰吉の頬に冷たいものが当たった。小雨が降って来たようだ。

辰吉は陰から甚五郎が『伊賀屋』の裏の戸口を入って行くのを見た。間を置いて覗いてみると、甚五郎が誰かと話している。甚五郎が邪魔で見えなかったが、甚五郎が動いたときにはっきりと相手の顔が見えた。

岩松だ。

どうして、甚五郎が岩松に会いに来たのか。

もしや、甚一郎が岩松ということなのか。

甚五郎は利八が娘を吉原に売りにいくことをなぜ知っていたのか気になっていたが、これで合点する。岩松が甚五郎に教えたのだ。

岩松と甚五郎は宿の中に入って行った。

辰吉は忠次にそのことを伝え、

「踏み込みますか？」

と、きいた。

「亭主に確かめてからだ」

忠次は言った。

辰吉は安太郎と福助に裏口を見張らせ、忠次と共に表に回って、土間に入った。

帳場にいた亭主の絹兵衛を呼んだ。

「これは、親分。どうしたんですか」

「岩松はいつからここにいるんだ？」

忠次は声を潜めてきいた。

「あいつが何かしましたか」

「ちょっとしたことだ。で、どうなんだ」

「三年前からです」

「なんでここに来たんだ」

「西国の方から仕事を求めて江戸にやって来て、ここに泊まったんです。ちょうど、うちも番頭が辞めて、人手が必要だったんで、働いてもらうようになったんです」

「右目の下に痣のある肩幅の広い、体の大きな男が岩松を訪ねて来ることがあるだろう」

「ええ、時たま」

「どういう関係か知っているか」

「江戸で知り合った友達だと聞いています」

「これから、岩松に話を聞きたいから、上がらせてもらうぞ」

「じゃあ、岩松を呼びましょうか?」

「いや、岩松の部屋に行く。部屋はどこにあるんだ」

「一階の厠《かわや》の近くですが、知り合いが来ると、二階の一番奥の部屋を使っています」

辰吉と忠次は二階に上がった。一番奥の部屋の襖《ふすま》がぴたりと閉まっていて、そこから声が聞こえてきた。

ふたりは襖の前で息を整えてから、

「岩松さん」

と、声を掛けると話し声が止《や》んだ。

「開けますぜ」

辰吉は襖を開けて、中に入った。忠次も続いた。

岩松と甚五郎が目を見開いてこっちを見た。

「甚五郎、この岩松が兄の甚一郎だな」

忠次が声を上げた。

「違う」

甚五郎は否定する。

「惚けても駄目だ」

忠次が怒鳴った。

甚五郎は口ごもっていたが、岩松は何も答えない。

「利八が娘を吉原に売りに行くことを知ったお前は、甚五郎を使って金を奪おうとした。娘を売った金を持った利八を杉ノ森稲荷で殺して、金を奪ったんだ。その凶器の匕首は甚五郎が神田橋から投げ捨てた。どうだ？」

辰吉は鋭く迫った。

岩松は答えようとしたが、甚五郎がいきなり懐から匕首を取り出して、

「兄貴、もうだめだ。逃げてくれ」

と、叫んだ。

「お前を置いて逃げられるか」

岩松も匕首を出した。

辰吉は素手で身構え、忠次は十手を取り出した。

「えいっ」

岩松は忠次に向かって、斬《き》りかかった。

忠次は十手で受け止めたが、体の大きな岩松が忠次を力で押し込んだ。

それと同時に、甚五郎が辰吉に匕首を振りかざして、突進してきた。

辰吉は体を躱《かわ》し、素早く甚五郎の腕を取り、捻《ひね》り上げた。甚五郎の手から匕首がこぼれ落ちた。

振り返ってみると、忠次と岩松は互角に押し合っている。

辰吉は岩松の背中に飛び掛かろうとした。

岩松は気が付いたのか、ちらっと顔を向けると、忠次を押しのけて、部屋から飛び出した。

「親分、あっしが」

辰吉も部屋を出て、階段を駆け下りた。

岩松は勝手口の方に回り、裸足《はだし》のまま外に飛び出した。

辰吉も後を追う。

岩松との距離は縮まっていく。

裏庭を抜け、戸口を抜けようとしたとき、後ろからドスンと大きな音がした。

岩松が一瞬立ち止まり、振り返ってから叫んだ。

「甚五郎！」

辰吉は構わず岩松の腕を摑んだ。

岩松は、はっと気が付いたように思い切り払いのけて、辰吉の頰《ほお》に鉄拳《てっけん》をくらわしてから逃げ去って行った。

辰吉はよろけてから、走り出したが、岩松の姿は見えなかった。

「ちくしょう、どこへ行きやがった」

それから、汗だくになりながら周辺を探した。

途中で安太郎と合流したが、

「すまねえ、逃げられちまった」

と、言った。

ふたりはさらに進んで、福助に出くわした。

「こっちも駄目だ」

福助が息を切らしながら首を横に振っていた。

諦めて、三人は『伊賀屋』に戻った。

「そういえば、さっき大きな音がしたんですけど、あれは?」

辰吉がきいたが、

「俺も聞いたが、何だったのか」

安太郎と福助はわからないようだった。

『伊賀屋』の裏の戸口を入って、ふと左の方に目を向けると、忠次が地面を見下ろして立っている。忠次の足元には甚五郎が倒れていた。

辰吉は思わず駆け寄った。甚五郎は口から血を出して、びくともしない。顔を覗いた。死んでいる。

「どうしたんですか？」

辰吉はきいた。

「こいつが窓から逃げようと飛び出した時、屋根が雨でぬれていて、足を滑らせて落ちたんだ。打ちどころが悪かったんだろう」

忠次が複雑な顔をして答える。

「親分、仕方ねえですぜ。それより岩松なんですが、逃げられてしまいました」

隣で安太郎が謝る。辰吉も頭を下げた。

「いや、二階の部屋で手こずった俺のせいだ。あんなにも力が強いとは思わなかった」

忠次がため息混じりに言い、

「ともかく、こいつを大番屋へ運べ」

と、指示した。

「へい」

辰吉が大八車《だいはちぐるま》を借りてきて、死体を乗せて運んだ。

少しして、辰吉は誰かの視線を感じた。岩松ではないかと思い、暗がりに向かって駆けた。

だが、誰もいなかった。

ただ、小雨が人気のない通りに降り注いでいた。

五

翌日の朝、辰吉は吉原の『三笠屋』へ行き、内所の脇にある小さな部屋に通された。

楼主は、「あれから鶴は食べるものも喉《のど》を通らないんです」と嘆いている。

やがて、この前話した時よりも、頰がこけて、血色が悪い鶴が部屋に入って来た。

足元もおぼつかないようで、座るときによろけた。

「大丈夫ですか」

辰吉は声を掛けると、

「ええ」

鶴は、か細い声で答える。

「お父《とっ》つあんの殺しの下手人がわかりました」

辰吉はいきなり切り出した。

「……はい」

鶴は固唾《かたず》を吞《の》む。

「『伊賀屋』の岩松です」

辰吉は告げた。

「岩松？」

鶴は誰なのか気付かないようだったが、

「もしかして、あの奉公人が？」

と、目を見開いた。

「そうです」

辰吉は頷いた。

「まさか、あの親切だった奉公人が父を？」

鶴の唇が震える。

「岩松は本当の名を甚一郎と言います。浅草橋で声を掛けてきた甚五郎の兄です」

「では、あの男の人も、初めから父を殺すつもりで」

「ええ、あなたの身売りした金を盗むつもりだったのでしょう」

辰吉は伝えながら、胸が苦しかった。

どうして、家族の為《ため》に身を売る覚悟で江戸に出てきて、その上、父親を殺されなければならないのか。

岩松の非道さに、再び怒りを覚えた。

「鶴さん、岩松はいま逃げています。でも、必ず見つけ出して、捕まえますから」

辰吉は強い口調で言い、『三笠屋』を出た。

『伊賀屋』へ行ってみようと思いながら、岩松の顔が脳裏に浮かび、余計に憤りを感じる。

ある腰掛茶屋の前を通った時に、床几《しょうぎ》におりさと若い女中が笑顔で話していた。

おりさは気が付くなり、

「あっ、辰吉さん」

と、声をかけた。

「これは内儀さん」

辰吉は頭を下げる。

「どうされたんですか？　すごく堅い顔をしていますけど」

「そうか？」

「何か抱えているんですか？」

おりさが心配した。

「いや、まあ……」

辰吉は何と言っていいか戸惑ったが、おりさがあまりに真剣な眼差しで見てくるので、

「実は杉ノ森稲荷の殺しのことで……」

と、利八と鶴が『伊賀屋』に泊まった晩から今に至るまでを話した。おりさは話を聞きながら、涙ぐんだ。

「すみません。お鶴さんのことを考えると……」

おりさが涙を拭《ぬぐ》いながら言う。

「いや、俺も同じ気持ちだ。岩松は許せねえ、ひでえ野郎だ」

辰吉はつい声を荒らげた。

「お鶴さんは吉原の見世《みせ》にいるんですか」

「ああ」

「何ていう見世です？」

「角町にある『三笠屋』だ」

「角町の『三笠屋』……」

おりさは繰り返した。

辰吉はおりさと別れると、『伊賀屋』へ行った。

旦那の絹兵衛は岩松が杉ノ森稲荷の殺しの下手人だとわかり、大きな衝撃を受けていた。

「じゃあ、今までの不審な出来事も全て岩松の仕業だったのか」

ここ数年、『伊賀屋』で起きた自殺なども、岩松が金目当てで起こしたに違いないと絹兵衛は思っているようだった。

「まさか、岩松がそんな男だとは知らずに雇ってしまった」

絹兵衛はため息混じりに言った。

「岩松に他に知り合いがいるというのは聞いていないですか」

「いや、全くわからない」

「岩松のことを訪ねてくるのは弟以外にいなかったんですか」

「ああ、あの男だけだ。だが、秋雪先生とは親しく話し込んでいたね」

「先生にお話を聞いてもよろしいですか」

「ああ、二階にいるよ。勝手に上がっておくれ」

辰吉は階段を上がって、この間と同じ秋雪が泊まっている部屋の前に立った。

「先生、辰吉でございます。いまよろしいですか？」

声をかけると、

「入れ」

中から気怠《けだる》そうな声で返事があった。

辰吉が襖を開けて部屋に足を踏み入れると、秋雪は窓の外を見ながら、墨を磨《す》っていた。手元には半紙が置かれていた。

辰吉が秋雪の左横に正座すると、

「まさか、岩松があんな奴だったとはな」

秋雪が複雑な顔をして言った。

「先生はあいつとは親しかったんですか？」

「ここの常連だからな、一緒に酒を呑んだりする仲だ」

「弟がいるってことは言っていませんでしたか」

「全く聞いていねえな」

「普段、どんなことを話していましたか」

「大したことはねえと思うが、岩松が自分のことや家族の話をすることはなかった。ただ、どうやら通っていた女はいたようだ」

「通っていた女？　どこのですか」

「上野《うえの》の五条天神《ごじょうてんじん》裏だそうだ。店の名前までは知らねえけど、馴染《なじ》みの女がいて、岩松にほの字だと自慢げに言ってやがった」

辰吉はそれを聞き、さっそく上野に向かった。

五条天神からそう遠くない横町の小さい女郎屋できき込んだときに、岩松が来ていたということをそこの番頭から聞いた。

店の裏手で待つように言われ、そこでしばらく待っていると、色が白く、薄《うっす》らとした眉毛の女がやって来た。

「あなたが岩松の？」

辰吉から声を掛けた。

「ええ、そうです。きっと、来るだろうと思っていました」

女は細い声で言った。

「どうしてですか？」

辰吉はきき返す。

「岩松さんが昨夜来たときに言っていました」

「えっ、昨夜？」

辰吉は思わず声を上げた。

「もう四つを過ぎた頃に、いきなりやって来て」

女が言う。

「朝までいたんですか」

辰吉は続けてきいた。

「そうです」

「どんな様子でしたか」

「こんなことを申すのは如何《いかが》とは思うのですが……」

女は言いにくそうな顔をしている。

「いえ、仰《おっしゃ》ってください」

辰吉は促した。

「相当、恨んでいました」

「恨んでいた？」

「大事な甚五郎を忠次親分が殺したって」

「えっ、忠次親分は殺してなんかいませんよ。あいつが逃げようと窓から飛び降りただけなのに」

辰吉はそう言いながら、この女に言っても仕方がないということに気が付いた。

「岩松さんは弟を忠次親分に殺されたと思っています。だから、復讐《ふくしゅう》をするんだと」

「復讐？　まさか、忠次親分を殺そうとでも？」

「それだけじゃ物足りないそうで」

「物足りないっていうと？」

「親分の大切なものまで失わせると憤っていました」

「親分の大切なもの……」

辰吉は繰り返しながら、大切なものとは何だろうと思った。ふと、内儀のおさやや
『一柳』や店の奉公人の顔が脳裏に浮かんだ。

「他には何か言っていませんでしたか」

辰吉は訊ねた。

「いえ、そのことだけ言って去って行きました」

「どこか逃げそうな手掛かりは？」

「まったくわかりません」

女は首を横に振った。

辰吉は女に礼を言うと、その場を離れた。

岩松は本気で、忠次に復讐しようとしているのか。怒りに任せて、そんなことを口

走ったということも考えられる。もし復讐するなら、逃げないで近くに潜伏していることになる。捕まりやすい状況を作るようなものだ。

いくら弟が殺されたからと言って、そんなことを岩松がするのだろうか。

辰吉の肌に冷たいものが当たった。

空を見上げると、灰色の雲が辺りを覆っていた。

一雨降るかもしれないと思い、急いで通油町へ帰った。

『一柳』に帰り、忠次の部屋に行くと、銀煙管で煙をくゆらせていた。何か深い考え事をしている顔であった。

「親分、岩松のことですが」

辰吉は口を開いた。

「何かわかったのか」

忠次が煙管を口から離してきく。

「甚五郎が死んだあと、五条天神の近くにある女郎屋に行っています。そこで馴染みの女郎に別れを告げて、出て行ったそうなのですが、親分に復讐すると息巻いていたそうです」

「どうやら、甚五郎を親分に殺されたと思っているそうで」

「なに？　じゃあ、俺を殺そうとしているのか」

「いえ、それが親分だけじゃないんです。親分の大切なものを失《な》くそうとしているとか」

「大切なもの？」

　忠次が首を傾げた。

「内儀さん、大丈夫ですかね」

　辰吉はきいた。

「まさか、うちの奴を？」

　忠次が呟いた。

「親分にとって、何よりも大切なものではありませんか。だから、内儀さんを狙っていると思うんです」

　辰吉は強く言った。

「おさやをな……」

　忠次は再び小さな声で言い、

「復讐？」

「そうなると、近くに潜んでいるということになるだろう」

「そうですね」

「わざわざ捕まりに来るようなことをするか？」

忠次は首を傾げながら、

「もしかしたら、ああいう奴ならするかもしれねえな」

と、呟いた。

「いま内儀さんは？」

辰吉はきいた。

「出かけている」

「どこへですか？」

「近所だと言っていたが」

「ちょっと、見てきます」

辰吉は立ち上がり、部屋を出ようとしたとき、

「おい、待て」

忠次が引き留めた。

「なんですか？　早く行かないと内儀さんの身に何かあったら……」

辰吉は切羽詰まって言った。

「そうだな。行け」

忠次が言い放った。

「では」

辰吉は部屋を飛び出した。『一柳』を出て、町内でおさやのことを聞き回りながら探した。半刻ばかり探したが、内儀は見つからない。

よくお詣りに行っているという稲荷《いなり》へ足を踏み入れると、神殿の裏に誰かが身を潜めているのが見えた気がした。

子どもかとも思ったが、

「誰だ、そこに隠れているのは」

辰吉は身構えて声を上げた。

すると、ダダダッと足音がした。

辰吉が裏に回ると、少し離れたところに大きな体の男が走り去って行くのが見えた。

岩松のような気がしてならない。

本気で復讐するつもりなのだ。そう気づいたときに、辰吉は急に悪寒が走った。

辰吉はさっきの男が逃げて行った方に走って行ったが、もう完全に見失っていた。

それから、さらにおさやを探し回ったが、見つからず、『一柳』に戻った。

『一柳』の裏口から入り、廊下で出くわした女中に、

「内儀さんは？」

と訊ねた。

「さっき帰って来ました。いまはお部屋の方に」

女中は答えた。

「そうか」

辰吉はおさやの部屋の前に立ち、

「辰吉です。よろしいですか？」

と、声をかけた。

「ああ、入りな」

「失礼します」

部屋に入って、おさやの正面に腰を下ろす。

「どうしたんだい？」

おさやが不思議そうにきいた。

「実は杉ノ森稲荷の殺しの下手人がいま逃げているんです。その男が忠次親分に逆恨

みをして、親分だけじゃなく、大切なものまで失わせると言っているんです」

「大切なものって、まさか？」

「内儀さんということも考えられます」

「じゃあ、私はどうすればいいのさ」

「出歩かないようにしてください」

「出歩かないように……」

おさやは不服そうな顔をしながら、

「本当に、私を狙っているのかい」

と、きいてきた。

「おそらく。さっきも、近くの稲荷で、それらしい男がいたんです」

「そうかい……」

おさやは考え詰めるような目をした。

「もし、どうしても出かけなければならない時には、どうすればいいのさ」

「その時はあっしに仰ってください。付き添いますんで」

「……」

おさやは何も言わずに、微かに頷いた。

「ご迷惑をお掛けしますが、お願いしますよ」

辰吉は釘《くぎ》を刺して、部屋を後にした。

裏口から出るために廊下を歩いていると、外で雷の音が聞こえてきた。辰吉はおさやに何もなければいいがと強く思った。

第三章　胸騒ぎ

一

風も止《や》み、暗い夜空に月の明かりが眩《まぶし》かった。辰吉と忠次が瀬戸物町《せともの ちょう》へ足を踏み入れると、座敷のある料理屋は見当たらないのに、どこからとなく三味線《しゃみせん》や太鼓の賑《にぎ》やかな音が聞こえて来る。

辰吉は歩きながら辺りを見渡し、

「庄右衛門店の方からですよ」

と、隣の忠次に言った。

今夜長屋で甚五郎の通夜《つや》が行われる。

そこに岩松が現れるのではないかという思いがあった。というのも、通油町の『一柳』の近所で岩松の姿を見たという者がいたからだ。そういう証言がいくつかある。

もし、それが本当に岩松であれば、まだ近くに潜伏していると考えられる。

そもそも、岩松は忠次とその大切な者、おそらく内儀のおさやを襲うと口にしている。だから、日本橋界隈《かいわい》に潜んでいることは十分に考えられる。

庄右衛門店の長屋木戸をくぐると、奥の家の腰高障子《こしだかしょうじ》が開いており、外にまで人がはみ出していた。甚五郎のことを探る時に何度か話したことのある、赤子を背負ったおかみさんも外で中の様子を楽しそうに眺めていた。

辰吉はおかみさんに近づいた。その間に、忠次は家の中に入った。

「賑やかな弔いですね」

辰吉は声を掛ける。

おかみさんは振り返り、

「まさか、甚五郎さんがこんなことになるなんて。愛想が良くない人だったけど、死んでしまうなんて可哀想《かわいそう》な気もするね」

と、しんみり言った。

「それにしちゃ、随分陽気ですね」

辰吉は中を覗《のぞ》きこんだ。

「只酒《ただざけ》が呑《の》めるから、はしゃいでいるんだよ。でも、少しは甚五郎さんの死を悼む気持ちもあるんだ」

「只酒って、金はどこから出ているんですか」

「それは、甚五郎さんのだよ。大家さんが甚五郎さんの家にあったお金を使ったんだ。残った金は受け取る人がいないんだから、それで賑やかに送ってやるのが供養だと大家さんが言っていたよ」

「そんなもんですかね」

辰吉は呟《つぶや》いてから、

「あれから、甚五郎のことで誰《だれ》かやって来ませんでしたか」

と、訊《たず》ねた。

「昼間、甚五郎さんをたまに訪ねてきてた体の大きな男の人がやって来たんだ。目が血走っていて、ちょっとこわい感じだったけど」

おかみさんは答えた。

岩松に違いない。辰吉はそう確信した。岩松がこの長屋に現れるということは、甚五郎の弔いのことが気になったのだろうか。

「その男に何か話し掛けられましたか」

辰吉はきいた。

「甚五郎さんの弔いをどうするのか聞かれました」

「それで、何て答えたんです」

「うちの亭主に、夜に弔いがあると聞いていたんで、その通りに答えましたよ。そしたら、さっきやって来て、線香をあげてすぐに帰って行きました」

その時、おかみさんに背負われた赤子が大きな声を出して泣き出した。おかみさんはあやしたが、軽く頭をさげて、自分の家に入って行った。

辰吉は甚五郎の家の中を覗いた。隙間《すきま》のないくらい人で埋め尽くされている。徳利《とっくり》がいくつも並んでいて、皆の顔も赤かった。

忠次が大家と話し終えて、こっちにやって来た。

「夜だから、あまり騒ぎすぎるなよ」

忠次は注意して、外に出てきた。

「親分、岩松がさっきここに現れたそうです」

「ああ、線香をあげてすぐに帰ったそうだな」

「追われている身でありながら、弔いに来るなんて、よほど甚五郎に対する思いは強かったんですね」

「そうだな。俺《おれ》を相当恨んでいるんだろうな」

忠次は重たい声で言った。

「親分、岩松はまだこの付近にいるかもしれませんね」

辰吉は忠次に伺いを立てると、

「いや、岩松はもうどこかに雲隠れしているだろう。あれほどの奴《やつ》だ。俺たちが弔いにやって来ることも予想しているはずだ」

「でも……」

「あいつは俺とおさやを狙《ねら》っているんだ。またすぐ現れるに違いねえ。そこを捕まえればいいだけだ」

忠次は、確信を持つように言った。

「へい」

辰吉はまだこの近くに潜んでいると思ったが、今日のところは大人しく帰った。

数日後の朝、澄み渡った秋の空に、いわし雲が広がっている。

辰吉は三年前、岩松こと甚一郎が起こした殺しの一件を調べるために、当時探索に当たっていた市谷の元岡《おか》っ引《ぴ》き、彦市のところへ再び赴いた。

「親分、この間甚一郎を逃がしてしまったと言っていましたが、すぐに江戸を離れたんですか」

辰吉は確かめた。

「そうだ。高輪の大木戸あたりで捕らえようとしたのが失敗だった。自宅の付近で捕まえておけば、逃げられたとしてもまだ見つけ出すことが出来たかもしれねえ……」

彦市は悔しそうに言い、

「今回の杉ノ森稲荷の殺しも、俺がちゃんと捕まえていれば起きなかった」

と、自責の念に駆られているようだった。

「仕方ありませんよ。あいつは逃げ足が速いんです。それにずる賢いですから」

三年前はうまく逃げおおせた。つくづく悪運が強いとしか言いようがない。今回は甚五郎の復讐《ふくしゅう》のために通油町の近所に潜伏している。三年前の探索のときに、日本橋界隈に岩松の知り合いがいなかったかきいてみたが、何もわからなかった。

辰吉は何の成果もないまま市谷を離れ、これからどこを探そうか迷った挙句、振り出しに戻ろうと、昼過ぎに伊勢町の『伊賀屋』へ赴いた。

土間に入り、

「すみません」

と、声をあげると奥から絹兵衛がゆっくりとした足取りで出てきた。いくらか疲れたような顔をしている。

絹兵衛の声に覇気《はき》がない。

「大丈夫ですか？」

辰吉は心配になった。

「あれから眠れないんだ。あのせいで、新たな客もなく、今までの泊まり客も引き上げて、今は秋雪先生しかいない。だけど、先生は三日後に江戸を発《た》つそうだから、もう誰もいなくなるだろうな」

絹兵衛は消え入るような声で言った。

辰吉は絹兵衛を励ますような言葉を言ってから、

「秋雪先生は二階にいらっしゃいますか？」

と、きいた。

「ああ」

絹兵衛は頷《うなず》く。

「上がらせてもらっても？」

「構わない」

辰吉は履物を脱いで上がり、二階の秋雪の部屋へ行った。部屋に入ると、秋雪は胡《あぐ》坐《ら》で腕を組みながら、自分の絵を見つめていた。

「先生、何度もすみません。また岩松のことで」

「うむ」

秋雪は頷いてから、

「この間、岩松に会った」

と、言った。

「えっ？　どこで？」

「近くの居酒屋を出たところだ。俺がよく呑みに行くのを知っているから、待ち伏せしていたんだろう」

「岩松は何で秋雪先生に？」

「ただ、伝えたいことがあるとのことだった」

「伝えたいこと？」

「お前さんたちへの伝言だ。もう忠次のことは全《すべ》て調べてあると言っている。覚悟しておけと」

秋雪は低い声で言った。

辰吉はこの間稲荷《いなり》で見かけた岩松らしい男の姿を思い出して、嫌な汗を感じた。

秋雪はさらに続けた。

「岩松はお前や忠次だけでなく、岡っ引きを嫌っている。十年近く前に、無実の罪で取り調べを受けたことがあったそうだ」

「無実の罪?」

「詳しくは教えてくれなかったが、繁蔵《しげぞう》という親分に苛《いじ》められたそうだ」

「繁蔵親分に……」

繁蔵とは、箱崎町《はこざきちょう》に住んでいる岡っ引きであり、強引な探索で恐れられている男だ。辰吉とはしばらくの間確執があったが、五十代も半ばに差し掛かりだいぶ穏やかになったのか、良好な関係を築いている。

辰吉は秋雪の部屋を離れると、さっそく箱崎町へ行った。

繁蔵の家に裏口から入り、名前を呼ぶと、すぐに繁蔵がやって来た。

「辰吉じゃねえか」

「親分、ちょっと聞きたいことが」

辰吉は切り出す。

「どうしたんだ、そんな怖い顔をして。まあ、上がれ」

「へい、失礼します」

辰吉は繁蔵の後に付いて行き、裏庭の見える八畳間に通された。向かい合って座ると、煙草盆《たばこぼん》を差し出されたが、辰吉は手振りで断った。

繁蔵は太くて短い煙管《きせる》を取り出し、

「杉ノ森稲荷の殺しの下手人がわかったそうだな」

と、煙を口から吐きながら言った。

「ええ、甚一郎という男です。親分はご存知じゃありませんか？」

辰吉は訊ねた。

「甚一郎？」

繁蔵は顔をしかめながら首を傾《かし》げた。

「背中に、観音《かんのん》様が大雨に打たれている絵が彫られている男です」

辰吉は繁蔵の目をしっかりと見て言う。

「そういや、そんな彫り物を見たことがあったかもしれねえな。その男のことで来たのか？」

繁蔵はきいてきた。

「ええ、甚一郎は三年前に神楽坂で殺しを犯した後、江戸から姿をくらましていました。しかし、同じ年にこっそり江戸に戻ってきました。そして、岩松と名を偽って、伊勢町の木賃宿《きちんやど》『伊賀屋』で働いていたんです」

辰吉は淡々と、繁蔵の顔色を窺《うかが》うようにして告げた。

しかし、繁蔵は表情を変えず、聞いている。

「悪いが、俺はそんな男に覚えがない」

繁蔵は言い切った。

「でも、岩松は繁蔵親分に恨みがあるようです」

「俺に恨みだと？　どんなことでだ」

「詳しくはわかりませんが、何でも十年近く前のことだとか」

「そんな前のこと……。本人がそう言っていたのか」

「『伊賀屋』に泊まっている秋雪先生という狩野派の絵師が聞いたと」

「そうか。ともかく、俺は知らねえ。万が一、あいつが恨むようなことがあっても、俺は何にも覚えていねえ」

繁蔵は真っすぐな目で言った。

辰吉には繁蔵が誤魔化そうとしているようには思えない。だが、岩松が繁蔵の名前まで出してくるということは、何か嫌な目に遭《あ》ったに違いないと思った。それに、十年近く前のことだ。覚えていないというのも本当なのかもしれない。

「親分、岩松を探す手掛かりなんです。ご迷惑でしょうが、遡《さかのぼ》って調べることは出来ませんか」

辰吉が駄目元で訊《き》いてみると、

「ちょっと待て」

繁蔵が腰を上げて、部屋を出た。それからしばらくして、帳面を何冊か手にして戻って来た。

「これは俺の日記だ」

「日記？　親分が付けているんですか」

「ああ、毎日。悪いか？」

「いえ、そういうわけじゃねえんですが」

あまりマメに見えないので、辰吉には意外であった。

繁蔵は一冊を手に取って、ざっと目を通し、

「甚一郎は載っていねえ」

と、次の日記に移った。

しばらく見ていると、

「こいつか……」

繁蔵が呟いた。

「ありましたか？」

辰吉は身を乗り出すようにしてきいた。

「えーと、これによると日本橋箱崎町の質屋『堺屋《さかいや》』への強請《ゆすり》で捕まえたことがある。だけど、急に『堺屋』が勘違いだと言い出した。で、解き放つしかなかった」

繁蔵は読み上げた。

「どうして、『堺屋』が急に？」

「助三《すけぞう》という小網町《こあみちょう》では名の知れている顔役が『堺屋』を脅して、訴えを取り下げさせたんだ」

「助三？」

「表向きは塩屋を営んでいるが、賭場《とば》を開いたり、町内で喧嘩《けんか》が起こった時などに赴いて片を付ける。方々からみかじめ料を取って、それを役人に賄賂《わいろ》として渡すような汚ねえ野郎だ」

繁蔵はいらついた声で言った。

「どうして、助三がそこまでするんです？」

「頼まれれば嫌と言えねえような性格の奴だ。それに、俺はずっと助三を追っていた。だけど、なかなか尻尾《しっぽ》を摑《つか》ませないで今に至っている」

「じゃあ、親分の邪魔をするために甚一郎を助けたんですね」

「そうだ」

繁蔵は深く頷いた。

「助三の住まいはどこですか」

辰吉はきいてから、繁蔵の家を出て、箱崎橋を渡った。

小網町には、船積《ふなつみ》問屋が多く、他にも油仲買問屋や醬油《しょうゆ》問屋などが軒を並べている。その中でも、二丁目にあるひと際大きい土蔵造りの建物が助三の塩屋であった。

辰吉は土間に入り、すぐ近くにいたいかつい顔の番頭風の男に声をかけた。

「すみません、あっしは通油町の忠次親分の手下で、辰吉というものですが、助三さんはいらっしゃいますか？」

「どんなご用です？」

番頭は警戒するようにきいてきた。

「甚一郎のことでお話を伺いたくて」

「甚一郎というと？」

「助三さんに世話になった男です」

「こちらには来ていませんけど」

番頭はわざとなのか、もどかしく話をはぐらかす。

「ともかく、助三さんに会えませんか」

辰吉は相手の目をしっかりと見て、力強く言った。

「そうですか。少々お待ちを」

番頭はあからさまに面倒くさそうな顔をして廊下の奥へ行った。しばらくして戻ってきて、「どうぞ上がってください」と衝立《ついたて》のすぐ裏の六畳間に通された。

小さい部屋ながらも、掛け軸や置物などは凝っていて、金がかかっているように思われる。

特に加藤清正《かとうきよまさ》が虎《とら》退治をしている金の襖《ふすま》は、あまり絵に関心がない辰吉の目さえも釘付《くぎづ》けにした。その絵を見ながら待っていると、やがて金の襖がさっと勢いよく開いた。

甚一郎や甚五郎にも劣らないがっちりとした体つきで、腹が少し出た五十過ぎの男が部屋に入って来た。

目つきは鋭く強面《こわもて》だが正面に座るなり、

「助三でございます」

と、丁寧に頭を下げた。

助三は顔を上げるなり、

「辰五郎親分のご子息ですね」

と、言った。

「ええ」

辰吉は頷き、甚一郎のことを切り出そうとしたが、

「辰五郎親分には随分とお世話になりました」

助三は語りだした。

「私は他人様《ひとさま》よりも儲《もう》けているせいか、恨みや妬《ねた》みを買うことがあるんです。箱崎町の親分にはそれで随分といじめられましたが、辰五郎親分がなだめてくれたこともあります」

「そうですか。ところで」

辰吉はいい加減に返事をして、話題を変えようとしたが、

「忠次親分も随分といい親分で、あの方のお陰で日本橋界隈ではそれほど悪事が横行していないんだと思います。それに……」

と、続けようとした。

「助三さん、色々と話してくれてありがたいのですが、そろそろ本題へ」

辰吉は話を打ち切り、

「甚一郎さんはご存知で？」

と、確かめた。

「えっ、甚一郎って誰です？」

「覚えていませんか？　十年近く前、繁蔵親分に捕まったのを助けたじゃありませんか」

「そういや、そんなこともありましたな。でも、あれから一度も会っていません」

助三は白を切る。

「甚一郎がどうかしたんですか？」

「人を殺して逃げているんです」

「まあ、物騒なことで」

助三がわざとらしく言う。

「甚五郎も殺しに手を貸しています」

「甚五郎って？」

「甚一郎の弟ですよ」

「その甚五郎はどうしたんです？」

「死にました」

「死んだ？」

助三は片眉《かたまゆ》を上げてきき返す。

「逃げるときに、窓から足を滑らせて」

「突き落とされたんじゃありませんか」

助三は首を傾《かし》げ、鋭い目つきで睨《にら》みつけてきた。

この時、辰吉は助三が甚一郎から踏み込まれた時の話を聞いていると思った。そうでなければ、突き落とされたなどと思うはずがない。

「いいえ、甚五郎が逃げようとしたんです」

辰吉は言い返した。

「そうですか……」

助三は苦い顔をして、

「私は甚一郎や甚五郎がそんなことをするとは思えません」

と、きっぱりと言った。

「甚一郎はここに逃げてきてはいませんか」

辰吉はきいた。

「いいえ」

助三は首を横に振る。

「本当ですか」

辰吉は問い詰めたが、助三は「しつこいですね」と苦笑いを浮かべる。

辰吉はこれ以上きいても何も答えてくれないと悟り、形ばかりの礼を言い、その場を後にした。

塩屋を出てから、もう一度店を振り返った。

もしかしたら、ここで甚一郎は身を潜めているのかもしれない。そう思いながら、涼しい秋風に吹かれながらも、しっくりしない気持ちで通油町に戻った。

二

辰吉は長屋に帰らず、助三の話をするために『一柳』へ向かっていた。『一柳』が少し先に見えた時に、店の路地から男ふたりが飛び出して、汐見橋《しおみばし》の方向へ一目散に走って行った。

辰吉は急に不安を覚え、『一柳』へ駆けつけた。

裏の戸口を開けると、奉公人や女中たちが集まっている。その足元には、内儀のおさやが倒れていた。

「内儀《おかみ》さん！」

辰吉は思わず声を上げて、近寄った。

おさやは白目を剝《む》き、額からは血が流れている。

「辰吉さん、すみません」

奉公人がふたり掛かりでおさやを抱きかかえて、店の中に運んだ。

「何があったんだ？」

辰吉はふたりの後を歩き、同じように付いて来た若い女中にきいた。

「さっき、男たちが内儀さんの頭をいきなり棍棒《こんぼう》のようなもので殴りつけて、連れ去ろうとしたんです。私がたまたま外に出た時にその光景を見て、思わず叫んだら、男たちは逃げて行きました」

「どんな男だった？」

「よく見えなかったのでわからないですが、風体のよくない男たちでした」

女中は答える。

辰吉がさっき見た者たちだ。

（一体、何の為《ため》に内儀さんを……）

辰吉の脳裏に、岩松のふてぶてしい顔が浮かぶ。

「親分は帰っていないか」

辰吉が同じ女中に確かめると、

「まだ」

女中が心配そうな顔のまま答えた。

やがて、奉公人ふたりはおさやの部屋に辿《たど》り着いた。

すでに、他の女中が床を延べたようで、その上におさやの体を横たわらせる。

辰吉はおさやの枕元《まくらもと》に座った。

「内儀さん、内儀さん！」

辰吉は何度か体を揺すって呼びかけてみた。おさやは目を開けないものの、微《かす》かに息はある。

女中が水を入れた盥《たらい》を運んできて、そこに布を浸した。水を含ませると、ぎゅっと絞り、おさやの傷口を丁寧に拭《ふ》いた。

辰吉が何も出来ないままおさやを見守っていると、廊下から足音がした。

襖が開くと、横町の医者が現れた。

「先生、お願いします」

辰吉は自分の座っていた場所を譲った。

医者は脈を計り、下瞼《したまぶた》を下げて瞳孔《どうこう》を見た。それから、集まっている一同を振り向くと、

「驚いて気を失っているだけでしょう。傷はそんなに深くないので、棍棒が頭を掠《かす》めた程度だと思われます」

医者は告げた。

一同はほっとため息をついた。

「とにかく、何ともなくてよかった」

そんな声が聞こえてきた。

やがて、おさやの目がゆっくりと開いた。

「内儀さん、お気づきになりましたか？」

辰吉はすかさず体を乗り出してきいた。

おさやはしばらく虚《うつ》ろな目をしていた。それから、上体を起こそうとした。

「横になったままで」

医者が寝かせた。

「何があったんだい」

おさやは首を辰吉の方に向けた。

「内儀さんは突然棍棒のようなもので殴られて、気絶したようです」

「殴られて……」

おさやは呟いた。

「おそらく、岩松の息がかかった者の仕業でしょう。危うく連れ去られそうになったそうです。覚えていませんか?」

辰吉はきいた。

「いや、そういえば、お客さんが来ていると女中が言ったんだ。それで、裏の勝手口まで行ったら、二十そこそこの小太りの男が届けものに来たと言って、財布のようなものを差し出してきたんだ。私がそれを受け取ろうとしたときに、頭を打たれて……」

と、思い出した。

「もうひとりいませんでしたか」

辰吉は確かめた。

「後ろに同じくらいの年頃《としごろ》の痩《や》せた男が……」

おさやはそう言ったあと、顔をしかめて頭を押さえた。

「ちょっと痛みが……」

「すみません。ゆっくり、休んでください」

辰吉は医者に託して部屋を出た。

裏口に回ろうと廊下を歩いていると、焦ったような顔の忠次と出くわした。

「辰吉、おさやが……」

忠次は息を切らしていた。

「ええ、いまお医者さまが来て手当をしています。痛みはあるそうですが、命に別状はありません」

辰吉は安心させるように告げた。

「そうか。なら、よかったが……」

忠次は胸をなでおろした。

「二十歳《はたち》そこそこのふたり組の男たちが襲ったようですが、おそらく岩松の仕業でしょう」

辰吉は決めつけて言った。

「そうだろうな。岩松は本気でうちの奴を殺そうとしているのか」

忠次は歯ぎしりをした。

「親分、内儀さんはあっしがお守りします」

辰吉は忠次の目をしっかりと見て言った。

忠次は軽く頷いてから、

「岩松の行方に関して、何かわかったか？」

と、きいてきた。

「まだわからないのですが、あいつは十年くらい前に、繁蔵親分に捕まったことがありました。その時に、小網町の助三という男に助けてもらったそうです。助三は惚《とぼ》けています。だから、助三が匿《かくま》っているに違いありません」

辰吉は淡々と説明した。

助三のことは、忠次も知っているようで、

「あいつが関《かか》わっていたのか」

と、渋い声を出した。

「とりあえず、あっしは内儀さんを襲った連中を探しに行ってきます」

「いえ、親分は内儀さんの傍《そば》にいてあげてください」

「俺も行く」

辰吉は忠次を引き留めて、ひとりで『一柳』を出た。

さっき怪しいふたりが逃げて行った汐見橋の方向に足を進める途中で、安太郎に出くわした。状況を説明すると、おさやが襲われたことに安太郎は憤りを感じて、

「すぐにでも捕まえてやる」

と、意気込んだ。

汐見橋まで行く途中に出くわした人々に、「二十歳そこそこの小太りの男と痩せている男を見かけなかったですか」ときいて回り、どうやら近くの稲荷へ行ったようだとわかった。

ふたりは稲荷へ急いだ。

「あっしもこの間、岩松らしい男をあの稲荷で見かけました。ちょうど、人通りも少ないですし、待ち合わせに使っているのかもしれませんね」

辰吉は稲荷の近くにさしかかって言った。

稲荷に着くと、どこからか涼しい風が吹き、木の葉が音を立てた。

見渡しても誰もいないが、人のいる気配がする。

辰吉は安太郎を見た。安太郎は言葉を出さずに頷く。

鳥居をくぐり、左右を見渡す。

左手にある手水所《ちょうずどころ》の後ろの茂みが動いた。

安太郎が一歩近づくと、茂みからふたりの男が反対側に向かって走り出した。

「待て！」

辰吉は追いかけた。

稲荷を鳥居とは反対側に出て、すぐのところで小太りの男が転んだ。

「安兄、こいつを」

辰吉は頼んで、痩せた男を追い続けた。

一町（約一〇九メートル）ほど進んで、大通りに出ようとする直前で、辰吉の手は痩せた男の着物の袖《そで》を摑んだ。それでも、無理に逃げようとするものだから、袖が破れて、男はつまずいた。

辰吉は男の体を押さえ込む。

男はしばらく暴れていたが、周囲に集まった者の目を気にしたのか、急に大人しくなった。

「さあ、付いて来い」

辰吉は近くの自身番まで連れていった。

奥の板敷の間へ放《ほう》り込むと、すでに小太りの男が正座をしていて、安太郎が厳しい顔で睨みつけていた。

痩せた男を小太りの男の横に正座させてから、

「吐きましたか？」

辰吉は安太郎に確かめた。

「いや、まだだ。だが、内儀さんを狙ったことは認めている」

普段は落ち着いているが、ひとたび感情が露《あら》わになると、冷静さを失う安太郎は取り調べに向いていない。本人もそれをわかっているらしく、大抵は辰吉に任してくる。

辰吉はふたりを向いて、

「どうして、内儀さんを狙った？」

と、静かな口調で問い詰めた。

「……」

ふたりとも俯《うつむ》いたままだ。

「答えねえつもりか」

「……」

「お前らが岩松から指示を受けたことはわかっている。このままだと獄門だぞ」

辰吉は、はったりをかました。

「えっ」

痩せた男は悲鳴を上げた。

「いまちゃんと話せば、罪は軽く済む。ただし、嘘《うそ》を吐《つ》いたり、喋《しゃべ》らなかったりすると情状の余地はないぞ」

辰吉は脅すように言った。

痩せた男は背筋をぴんと伸ばし、小太りの男は唇を震わせた。

「誰に頼まれたんだ」

辰吉はふたたび問いただす。

ふたりは顔を見合わせてから、

「岩松と名乗る男でした」

小太りが口を開いた。

「いつ、どこで岩松と会ったんだ」

「三日前、長谷川町《はせがわちよう》の居酒屋です」

「向こうから声を掛けてきたのか」

「そうです。儲け話があるって言われました」

「いくらもらえると言われたんだ」

「三両です」

「三両？　三両で人を殺そうとしたのか」

「いえ、『一柳』の内儀さんを気絶させて、近くの稲荷まで連れてくればいいからと言われていました」

　小太りの男が小さな声で言うと、

「まさか、殺そうとしているなどとは思ってもいなかったです」

　痩せた男が口を挟んだ。

「誰だって、人をさらうんだったら、危害を加えるというのは想像がつくだろう」

　安太郎がきつい目で睨みつけた。

「……」

　ふたりとも何も返さない。

　安太郎は壁に寄りかかり、腕を組んだ。

「岩松は他に何か言っていたか」

　辰吉はきいた。

「いえ、ちゃんとさらってこられたら金を渡すというだけで」

小太りの男が答える。

「もし失敗したら？」

「それでも、稲荷に来るように言われていました」

安太郎は組んでいた腕を解いて、

「で、岩松は来たのか」

と、訊ねた。

「いえ」

ふたりとも否定する。

それ以上のことは答えなかった。最後に、長谷川町の居酒屋の場所をきいてから、辰吉と安太郎はふたりをこの場に閉じ込めたまま、自身番を出た。

長谷川町に向かう途中、

「岩松は端《はな》から失敗することを見込んでいたんじゃねえのか」

と、安太郎が思いついたように言った。

「ええ、あっしもそのことを考えていました。岩松はきっと自分の手で内儀さんや親分に復讐したいと思っているはずです」

「じゃあ、あいつらには何でそんなことをさせたんだ」

「脅しじゃないですかね。どんな手を使ってでも、殺すことが出来るっていう」

「たちが悪いな」

安太郎が舌打ち混じりに言う。

長谷川町の居酒屋へ着くと、亭主にさっきのふたりと岩松のことを訊ねてみた。

「そういや、三日前にいたね。はじめは若いふたりが話していたんだが、体の大きな男がやって来て、話をしていたよ」

「その体の大きな男は馴染《なじ》みの客ではないのですか？」

「初めて来た客だ。でも、今朝も近くで見たよ」

亭主はさらっと言ったが、

「どこで見たんです？」

辰吉と安太郎は身を乗り出すようにしてきいた。

「大門《おおもん》通りにある『鶴賀屋《つるがや》』という古着屋だ。そこで新しく働き始めたひとなのかと思ったんだが」

辰吉と安太郎は居酒屋を出て、大門通りの『鶴賀屋』へ行った。

土間に足を踏み入れると、着物、羽織、帯、足袋《たび》などが山のように積まれていた。

帳場にいた背の高い男が辰吉たちに気が付き、近づいて来た。

「忠次親分の手下の者ですが、最近、こちらで新しく働き始めた奉公人はいませんか」

辰吉はきく。

「新しい奉公人？」

番頭だという男はきょとんとした。

「体の大きな男がこちらに新しく入りませんでしたか」

安太郎がさらにきいた。

「さあ、何のことやら……」

番頭は首を傾げる。

「では、奉公人でなくても、今朝、三十代半ばくらいの体の大きな男がここに出入りしていませんでしたか？」

「いや」

「おかしいですね。見たという人がいるんですが」

「誰がそんなことを？」

「近所のひとです」

「きっと見間違いじゃないでしょうかね」

番頭は知らないの一点張りであった。

「でも、確かに見たと言っているんです。その男のことを番頭さんが知らないだけではなくて？」

「いえ、そんなことはないと思いますが」

「店の他の奉公人にきいてもよろしいですか」

辰吉は鎌《かま》をかけた。

「ええ、どうぞ。多分、知らないと言うと思いますが」

それから、辰吉は女中や奉公人たちに岩松のことを訊ねてみた。しかし、誰もそんな人はいないと言うばかりであった。

これだけ全員が口を揃《そろ》えて否定するというのは、もしかしたら居酒屋の亭主の見間違いなのかもしれない。

「すみません、お邪魔をしました」

辰吉は頭を下げて、『鶴賀屋』を出て、歩き出した。

店がだいぶ遠のいてから、

「どう思う？」

安太郎がきいてきた。

「あれだけ皆知らないって言っていますからね」

「そうだよな」

そんなことを言いながら歩いていると、四辻で赤塚と忠次の姿を見かけた。内儀さんの傍にいるよう引き留めたが、忠次はじっとしていられなかったようだ。

辰吉はふたりに近づき、頭を下げた。

「こっちの方の探索でも岩松の行方はわからない。誰かが匿っているのかもしれないな」

赤塚が言い、

「そっちはどうだ」

「岩松と思われる男が長谷川町の古着屋の『鶴賀屋』に出入りしているという証言があって確かめてみたんですが、店の者は全員否定しています。もしかしたら、その者の見間違いかもしれません」

辰吉が説明すると、

「念のために、『鶴賀屋』と助三の関係を調べてみろ」

忠次が指示した。

「へい」

辰吉は再び『鶴賀屋』に戻って、奉公人たちに助三の塩屋と関係があるのかきいてみると、知り合いのようだが、どの程度の付き合いかまではわからなかった。そこで、辰吉は繁蔵のところへ足を運んだ。

三

箱崎町の繁蔵の家に着くころには陽《ひ》が落ち、辺りは薄暗くなっていた。繁蔵はまだ帰っておらず、しばらく奥の部屋で待っていると、やがて繁蔵が部屋に入って来た。

「まだ甚一郎を探しているのか」

繁蔵は腰を下ろすなり言った。

「ええ、助三のところへ行ってみました。怪しかったですが、甚一郎のことは知らないと惚けられました」

「それで、途方に暮れているってわけか」

「いえ、その後、忠次親分の内儀さんが襲われて……」

辰吉が続けようとしたところ、

「待て、内儀さんが？」

繁蔵が話を止めて、心配した。

「命に別状はなくて、いま安静にしています」

「そうか、ならよかったが」

繁蔵は、ほっとため息をついた。

「親分、内儀さんとは親しかったんですか」

「忠次の内儀さんだからな。で、誰が襲ったんだ？」

「甚一郎が雇った男たちです。その連中は、甚一郎と長谷川町の居酒屋で会って、話しかけられたというので、さっそくそこへ行ってみました。そこで、近くにある『鶴賀屋』という古着屋に甚一郎らしい男が出入りしていると耳にしたんですが……」

「『鶴賀屋』だと？」

繁蔵がきき返す。

「ええ、ご存知ですか」

「あそこは、助三の弟分がやっている店だ」

「えっ、『鶴賀屋』が助三の弟分？」

深いつながりがあったのだと思うと同時に、居酒屋の亭主が言っていたことは間違いではなかったのだと確信した。だとしたら、店の者は岩松のことを口止めされていたのであろうか。

「親分、ありがとうございます」

辰吉は頭を下げて、動き出した。

「おい、待て。どこへ行くつもりだ」

繁蔵が止める。

「さっそく、『鶴賀屋』へ」

「問い詰めたところで、素直に認めるとは思えねえ。それよりも、あそこで賭場がある時を狙って、踏み込んだ方がいい。その時は助三もいるはずだし、ついでに、甚一郎も捕まえればいいじゃねえか」

「たしかに、そうですね。でも、賭場がいつ開かれるか」

「探ってみる」

「すみません。あっしも」

辰吉は繁蔵の家を出た。

二日後。辰吉は越前堀の圓馬の家へ行った。

裏口から入ると、圓馬が猫背気味に庭で盆栽に鋏《はさみ》を入れているのが見えた。

「師匠《ししょう》」

辰吉は声をかけた。

「なんだ？　まだ杉ノ森稲荷の殺しの下手人は見つかっていねえのか」

圓馬は振り返った。

「いえ、下手人はわかったんですが……」

辰吉はこれまでの経緯《いきさつ》をかいつまんで話し、おさやが襲われたことも伝えた。

「それで、内儀さんは？」

圓馬は驚いたようにきく。

「命に別状はなく、いま安静にしていますが」

辰吉は答える。

「なら、よかったが、繁蔵親分の時と同じだな」

圓馬がぼそっと言った。

「どういうことですか？」

「昔、繁蔵親分が追っていた男が繁蔵親分の内儀さんを襲ったことがある。その時、たまたま通りがかった俺が助けて、しばらく匿ってやったんだ。その間に繁蔵親分はその男を捕まえた。そういうことがあるから、余計に心配していたんだろう」

「そうですか。だから、繁蔵親分も親身になって、協力してくれるんですね」

辰吉は納得した。それから、さらに続けた。

「長谷川町の『鶴賀屋』で賭場が開かれていると聞いたんですが、師匠は何かご存知ではありませんか」

「長谷川町の『鶴賀屋』か……」

圓馬は縁台に向かい、腰を掛けた。

辰吉も倣《なら》うと、圓馬は弟子を呼び、冷たい茶をふたつ持ってくるように頼んだ。

「師匠、そんな気を遣わなくていいですのに」

「いや、俺が喉《のど》渇いたんだ。ずっと庭をいじっていたからな」

「寄席《よせ》はなかったんですか」

「ああ、ここんところ気が乗らなくてな。ずっと、行ってねえ」

「気が乗らない？」

「なんだろう。歳《とし》なのかな」

圓馬はしんみりと言った。

「まさか、ずっと博打ばっかりなんじゃないですか？」

辰吉は冗談っぽく言った。

「いや、博打はもう懲り懲りだ」

「師匠にしては珍しい」

「俺もいつまでも遊んでばかりいたら罰が当たる気がしてよ」

圓馬がそう言った時、弟子が茶を運んできた。辰吉は茶を飲むと、渇ききった喉が潤った。

「以前は五の付く日に『鶴賀屋』で賭場が開かれていたそうだが、それが繁蔵親分にばれて、いまは変わっているらしい。ただ、昨日うちにやって来た男は、最近付きがあるようで、毎日のように賭場に通っているらしい。で、今日は『鶴賀屋』へ行くとか言っていた。本当かどうかはわからねえがな」

圓馬はぼそっと言ってから、音を立てて茶を啜《すす》った。

「師匠、ありがとうございます」

辰吉がそれを聞いて、帰ろうとすると、

「この件には繁蔵親分も絡んでいるな」

圓馬は鋭い目を向けてきた。

「ええ、そうですけど」

「やはりな。あの男は助三のことだと目の色を変えるからな」

圓馬はまた茶を啜りながらわかりきったように言った。

辰吉は越前堀を後にして、一度通油町の長屋に戻った。もうその時には、日が暮れていた。『鶴賀屋』に踏み込めば、岩松を捕まえられるかもしれないと思うと、胸が高鳴った。

そんなことを思いながら、腰高障子を開けると、土間にまだ二十代前半の繁蔵の子分が立っていた。

「びっくりした。勝手に入っていたのか」

辰吉は言った。

「すみません。お伝えしたいことがありまして」

子分が頭を下げながら言った。

「伝えたいこと？」

辰吉はきき返す。

「甚一郎は、やはり『鶴賀屋』に身を潜めています」

子分はきっぱりと言った。

「本当か？」

「ええ、あっしがずっと店の前で張っていたら、それらしい姿を見かけたんです」

「そうか」

「それに、今日賭場が開かれるかもしれません。まだ、確かではありませんが」

「いや、それなら開かれるんだ」

辰吉は決め込んで言った。

「どういうことですか？」

子分がきく。

「俺も圓馬師匠から今日かもしれねえと聞いた。ふたりがそう言うなら、間違いない」

「なるほど、確かにそうですね」

子分は頷いてから、

「それと、親分がこれを」

と、懐《ふところ》から文《ふみ》を取り出す。

そこにはきめ細かい綺麗《きれい》な文字がびっしり書かれていた。内容は、賭場の方は繁蔵たちに任せてくれて構わないから、忠次や辰吉は甚一郎を探すだけでよいとのことであった。さらに、具体的な流れが書かれていた。

「もうそろそろ忠次親分は帰って来るだろう。ちゃんと、渡しておく」

辰吉は長屋を出ようとすると、

「あっしも一緒に行っていいですか」

子分がきいてきた。

「ああ、何かあるのか」

「いえ、繁蔵親分が内儀さんにお見舞いといって」

子分は懐から軟膏《なんこう》の入った小さな箱を取り出した。

「すまねえな」

辰吉と子分が長屋を出て、『一柳』の裏口から店に入ると、女中がいた。

「親分は？」

辰吉はきいた。

「ついさっき帰ってきました」

女中は答えた。

「そうか。内儀さんの容態はどうだ」

「だいぶ、よくなってきました」

「よかった」

辰吉は頷くと、

「あの、繁蔵親分が内儀さんのお見舞いにこれを」

子分が懐から軟膏を取り出し、

「何でも、よく効くものだそうで」

という言葉を付け加えた。

女中は戸惑うように、辰吉を見た。

「届けてやりな」

辰吉は指示した。

「はい」

女中はそそくさと勝手所を出て、内儀の部屋へ向かった。

辰吉と子分が忠次の部屋に向かうと、忠次は部屋の真ん中で、腕を組みながら難しい顔をしていた。

「お前は繁蔵親分の……」

忠次は子分を見るなり、少し驚いたように声を上げた。ここに繁蔵や子分が顔を見せることは滅多にない。

「親分がこれでよいかちょっと訊ねてきてくれとのことで」

子分は忠次の正面に座り、先ほどの文を差し出した。

忠次は文を掴み、目を通す。辰吉はその間に、岩松が『鶴賀屋』に潜伏しているらしいことを伝えた。

「わかった。だが、本当に賭場は今日開かれるのだろうな」

忠次は慎重にきく。

「おそらく」

子分が少し自信なさそうに言うと、

「親分、あっしが圓馬師匠にきいたら、今日『鶴賀屋』に行くと言った者がいたそうです。だから、今日ということで間違いないかと」

辰吉が口を挟んだ。

「そうか。ただ、繁蔵親分は賭場で捕まえようとしても、助三はまた裏で役人に手を回して、釈放されるんじゃねえか」

忠次が心配する。

「もし、甚一郎を捕まえられれば、さすがの助三も下手人を庇《かば》っていた罪は逃れられないとのことです」

「まあ、確かにそうだが……」

「親分は必ず成功すると言っています」

「そうか」

忠次は扇子で手の平を何度か軽く叩き、

「なら、この通りにやると伝えてくれ」

と、決めた。

「へい」

子分は嬉《うれ》しそうに答え、「失礼しました」と去っていった。

辰吉もいよいよ岩松を追い詰められると思うと、興奮していた。

四

その日の夜四つ過ぎ、辰吉は『鶴賀屋』の裏手で様子を窺っていた。隣には忠次と赤塚がいて、少し離れた後ろには安太郎と福助もいる。繁蔵とその手勢も近くに潜んでいた。

しばらく待っていると、足音と共に、提灯《ちょうちん》の明かりがふたつ近づいて来た。

辰吉は息を殺して、ふたりの様子を窺う。

「さっき夜烏《よがらす》が鳴いたでしょう」

額の狭い男が言った。

「そうか？」

もうひとりの眉毛の濃い男が首を傾げる。

「あれが鳴くとろくなことにはなりません」

「じゃあ、今日も負けるかもしれねえな」

「大人しく帰りますか？」

「馬鹿言うんじゃねえ」

ふたりは『鶴賀屋』の裏の戸口の前で立ち止まると、戸を四回叩いた。しばらくして、扉が開いた。顔は見えないが、体の大きな男がふたりを中に招き入れた。

「親分、あっしが」

辰吉が隣の忠次に小声で言った。

「おめえは顔を知られているんじゃねえか」

「夜ですし、気づかれないと思います」

「よし行け」

赤塚が促すと、忠次は辰吉の肩を軽く押した。

辰吉は提灯に明かりを点《とも》してから裏の戸口に近づき、四回叩いた。

ややあって、扉が半分開く。

「どちらさまで？」

若い声がした。

「圓馬師匠の弟子の者です」

「圓馬師匠の……」

相手は不審そうに言う。

「どうしたんです？」

「いえ、最近圓馬師匠の弟子の方はあまり来ていないのですが、お名前は？」

相手は警戒を解かない。辰吉は適当に答えた。

「ちょっと、胴元に聞いて来ますので」

「待ってください。さっき見廻《みまわ》りの者がいました。ここでずっと待っていると、余計に怪しまれる。とりあえず、中に入れてくれませんか」

「でも……」

「入れてくれたっていいじゃありませんか」

辰吉は不機嫌そうな声を出した。

相手は少し考えてから、

「もう一度お名前を」

と、きいてきた。

辰吉はさっきの名前を言うと、

「わかりました。おひとりですか」

「そうだ」

「では、どうぞ」

扉が開いた。

辰吉は中に足を踏み入れる。

裏庭を通り、男が裏の戸口を開けた時、後ろで繁蔵たちがなだれ込む気配がした。

「いま何か音が」

男は振り返る。

辰吉は瞬時に男の腕を捻《ひね》り上げて、地面に押し付けた。それから、相手の口を手でふさいだ。

腕の中で、男がうごめいている。

繁蔵の手下がやって来て、

「こいつはあっしに」

「頼むぞ」

辰吉は手下と替わった。

忠次は庭の端の方にある離れの前で、安太郎、福助と共に構えていた。

辰吉はそこに駆け寄った。

「親分」

小さな声で囁《ささや》く。

「やはり、岩松がいるようだ」

忠次が答える。

「どうします？」

「とりあえず、俺とお前で踏み込む。万一逃げられた時の為に、安太郎と福助はここで待機させる」

「へい」

辰吉と忠次は息を整えてから、

「岩松！」

と、中に踏み込んだ。

岩松は飛び上がった。

辰吉が岩松の襟を握ると、岩松は頭突きをしてくる。

それでも、辰吉は手を放さない。

忠次が岩松の右腕をがっちりと摑んだ。

岩松は思い切り体を揺すって、振りほどこうとする。

言葉にならない声で唸《うな》っている。

辰吉は岩松の首の付け根を狙って手刀打ちをした。

岩松が一瞬怯《ひる》んだすきに、忠次が岩松の体を壁に押し付けた。辰吉は即座に岩松の膝裏《ひざうら》を蹴《け》り、跪《ひざまず》かせる。

安太郎と福助が中に入って来た。

忠次が岩松に縄をかけた。

岩松は観念したのか、

「ちくしょう！」

と叫んでから、首《こうべ》を垂れた。

「岩松、てめえの悪運はこれまでだ」

辰吉は殺された利八や父を失った鶴、そして襲われたおさやの顔が浮かんできて、強い口調で言い放った。

岩松は舌打ちをしながら、

「甚五郎を殺したお前らが許せねえ」

と、怒りの滲《にじ》んだ声を出す。

「甚五郎は窓から逃げようとして、落ちたんだ」

忠次が横から言う。

「嘘だ。お前が殺したに違いねえ」

岩松は顔を上げ、忠次を睨みつける。

「ともかく、あとは裁きを受けるだけだ」

忠次が素っ気なく言う。

「くそっ」

岩松は悔しがりながら、ぶつぶつと文句を垂れた。

離れを出ると、繁蔵の手下たちが何人もの男たちを連行していた。提灯の明かりで照らすと、繁蔵は助三に縄をかけている。

助三はふてぶてしい顔をして、不敵な笑みを浮かべていた。

「親分、やりましたね」

辰吉は繁蔵に言う。

「ああ、お前のおかげだ」

繁蔵が清々《すがすが》しい顔で答えた。

近くで赤塚が成り行きを満足そうに見守っていた。

「では」

辰吉は赤塚や忠次たちと共に岩松を引っぱって、材木町の大番屋まで連れて行った。

大番屋の前で、

「この取り調べは徹夜になるだろうから、お前たちは帰ってもいいぞ」

赤塚は手下たちに言った。

「では」

安太郎と福助は頭を下げて帰って行く。

「辰吉、お前も帰れ」

忠次が言った。

「いいえ、あっしは残っています」

鶴がどんな思いをしているのか、岩松に直接伝えたかった。

「ありがてえが、お前はゆっくり休め」

「そうですか」

辰吉はやり切ったという気持ちの昂《たかぶ》りを抑えながら、夜道を歩いて行った。

五

次の日の朝、辰吉は久しぶりにゆっくり眠れた。

朝飯を食べてから、『一柳』に顔を出し、おさやの部屋を訪れた。襖は開いており、

「内儀さん、辰吉でございます」

と、声を掛けた。

おさやは振り向くなり、嬉しそうな笑顔で、

「捕まえてくれたんだってね」

と、高い声を出した。

「へい、今までご不便とご迷惑をおかけしました」

「いや、お前さんのせいじゃないよ。元はといえば、うちの人がもう少ししっかりしていれば、岩松を捕まえられたのさ」

おさやは繕うように言い、

「でも、これで自由に出かけられるんだね」

と、弾んだ声を出す。

「ええ。もう痛みの方は取れて来ましたか?」

「大分いいよ」

「それはよかった。ところで、今日はどこかへお出かけになるんですか」

「昼間に寄合があってね。その前に『鳥羽屋』に行こうと」

「『鳥羽屋』に?」

「この間の着物のことで、来月の初めに芝居《しばい》を観《み》に行くから、それまでにできあがるかどうかを聞きにいこうと思って」

「それなら、あっしがいま行ってきますよ」

「でも、大変だろう?」

「いいえ、下手人が捕まって少し落ち着いていますから」

「そうかい。じゃあ、頼んだよ。夕方までには帰って来るから」

「へい。親分に挨拶《あいさつ》してから行ってきます」

辰吉はおさやの部屋を離れると、忠次の部屋へ向かった。

忠次は銀煙管で莨《たばこ》を吸いながら、何とも言えない堅い表情をしていた。

「親分、せっかく捕まえたのに、どうしたんですか」

「いや、なんでもない」

「心配なんですか？　また逃げられるかもしれないって」

辰吉は冗談っぽく言った。

「うむ、そうなんだ」

忠次は真剣に答える。

「えっ、まさか大番屋にいて、それはないでしょう」

「そうだな。これから、赤塚の旦那は奉行所に入牢《じゅろう》証文を取りに行くだろうから、岩松を小伝馬町《こでんまちょう》の牢屋敷に送るのは夕方になるだろう」

そう答える忠次の顔は晴れなかった。

「じゃあ、あっしは夕方ごろに大番屋に行けばいいですかね」

「いや、俺が付き添うし、小者《こもの》たちもいるから来なくていいぞ」

「わかりました」

いつもと違う様子に、辰吉は心配になりながらも、

「親分、これから内儀さんの用で『鳥羽屋』へ行ってこようと思うのですが、よろしいでしょうか」

辰吉は訊ねた。

「『鳥羽屋』へ？」

「ええ、この間の着物の件で、来月の初めに歌舞伎《かぶき》に行くから、その時までに出来上がっていて欲しいんだとか」

辰吉はそう告げてから、

「親分も一緒に観に行かれるんですか」

と、きいた。

「いや、俺は行かねえ」

「そうですか。じゃあ、近所のおかみさん連中と行くんでしょうね」

辰吉は独り言のように呟いた。

「おさやは出かけるとか言っていたか？」

忠次がきいた。

「ええ、昼間に寄合があるとか」

「そうか」

「じゃあ、親分、行ってきます」

辰吉は『一柳』を出て、神田紺屋町の『鳥羽屋』へ行った。『鳥羽屋』は相変わらずの繁盛でひっきりなしに商人が出入りしていた。

辰吉は土間に入り、辺りを見渡した。手の空いていそうな奉公人を捕まえて、

「清吉さんは？」

と、きいた。

「いま裏におります」

「じゃあ、呼んできてください」

「はい、すぐに」

奉公人は急ぎ足で向かった。ふと店内を見渡してみると、廊下の奥の方で若い女中が辰吉の方をちらちら見ている。何だろうと思っていると、清吉はやって来た。

「どうぞ、こちらに」

上がらせようとした。

「いえ、すぐに終わる用ですから」

辰吉は断ってから、

「内儀さんの着物なんですが、来月の初めに使いたいと仰っていまして、間に合いそうですかね」

と、伺いを立てた。

「来月の初めだと……。ええ、間に合いますよ」

「そうですか。ではお願いします」

辰吉は頭を下げて、帰ろうとした。

「あの、辰吉さん。ちょっと、よろしいですか」

清吉がそう言って、

「お鶴、お鶴」

と、声を上げた。

「はい」

廊下の奥から細い声が聞こえてきて、さっきの女中が辰吉の元にやって来た。

整った顔立ちで、どこかで見たことがある。

「この度は、下手人を捕まえてくださり、本当にありがとうございました」

女中は頭を深々と下げた。

「下手人？」

辰吉はきき返してから、

「あっ！」

と、声をあげた。

「利八さんの娘のお鶴さん？」

「はい」

「どういうことなんです？」

辰吉は状況が理解できず、清吉の顔を見た。

清吉はにこやかに笑いながら、

「実はお鶴という複雑な事情があって可哀想な娘がいると、うちの奴から聞いたもので、身請けすることにしたんです」

と、説明した。

「はい、旦那さまのお陰で、まだ客の前に出ないうちに身請けしてくださって。本当に何とお礼をしたらいいのか」

鶴は声を震わした。

それから、さらに続けた。

「下手人に取られた私の身売りの金も、旦那さまが立て替えて、実家の方に送ってくれると仰ってくださいまして。本当に、なんて感謝したらいいのか……」

「それはよかった。利八さんは残念なことになりましたが、鶴さんはここで働けたら、何不自由ないと思いますよ」

辰吉は励ますように言った。その時、奥からおりさが出てきた。

「内儀さん、ありがとな。こんなことまでしてもらうなんて。清吉さんにも申し訳ねえ」

「いいえ、私も辰吉さんに助けてもらったんだから。あんなこと聞いたら、この子を見捨てておけなくて」

おりさは鶴を見て言い、

「でも、本当にいい子ね。辰吉さんもそう思わない？」

と、意味ありげな目を向けた。

「ええ、そうですね」

辰吉がどぎまぎして、

「お鶴さん、これから、頑張ってください」

辰吉は逃げるように『鳥羽屋』を後にした。

それから、実家のある大富町へ向かった。

ちょうど、昼時分で、近くの家々や、料理屋からは香ばしい匂《にお》いが漂って来ていた。

辰吉の腹は空《す》いていた。

『日野屋』の裏口から入り、居間に行くと、凛がひとりで飯を食べていた。

「兄さん」

「あれ？　親父《おやじ》は？」

「いま繁蔵親分が来て話しているわよ」

「繁蔵親分が？」

「何だかわからないけど、すごく機嫌がよさそうで。あんなに、笑顔の多い繁蔵親分は初めて見たかもしれないわ。何があったのかしら」

凛は不思議そうに言う。

きっと、助三を捕まえたことを伝えに来たのだろうと思った。

辰吉は居間を出て、客間へ行った。

襖の前で、

「親父、繁蔵親分。ちょっと、よろしいですか」

と、声をかけた。

「ああ、入れ」

襖越しに辰五郎が答える。

辰吉は襖を開けて中に入ると、酒が並べられていて、ふたりは刺身をさかなに語り合っていたようだった。

「いま昨日のことを聞いていたんだ。お前も活躍したそうじゃねえか」

辰五郎が嬉しそうに言う。

「辰吉が甚一郎のことを言ってくれなけりゃ、助三を捕まえたところで、また役人に手を回されて終わりだ。本当に、よくやってくれた」

繁蔵は凜の言う通り、上機嫌だった。

「で、助三はどうなったんです？」

辰吉は繁蔵にきいた。

「いま大番屋で取り調べをしている。賭場を開いた罪に、さらに下手人を匿った罪も上乗せされて、もう江戸にはいられねえかもしれねえな」

繁蔵は嬉しそうに答える。

「そりゃあ、よかったですね。親分がずっと追ってたそうで」

辰吉が言うと、

「俺がまだ現役だった頃も、繁蔵は助三のことで悩まされていた。俺たちはあんなにいがみ合っていたのに、助三のこととなると、一緒に手を組まねえかと言ってきたくらいだ」

辰五郎が口を挟んだ。

今ではこうして仲良くしている辰五郎と繁蔵であるが、数年前までは犬猿の仲であった。同じ赤塚の元に仕えていたということもあるのだろうが、互いに譲れない部分が重なっていたのが大きいのかもしれない。辰五郎は人情をかけ、繁蔵は悪に対しては強引になっても構わないという思いがある。だが、いずれも似た者同士で、一度仲良くなれば、今までの対立が嘘のようだった。

辰吉は人のつながりというのは、いつどこでどうなるのかわからないものだと、しみじみ感じた。

もう引退をして、薬屋の旦那しかしていない辰五郎にとって、繁蔵から話を聞くのは、実に楽しそうだ。

それから、辰吉も輪に加わって、しばらく話していた。

「お前はもう一人前の岡っ引きのようなものだ」

ふたりに言われるたびに、

「まだまだ」

と答える辰吉であったが、内心、自分ひとりでも出来るのではないかと自信が付いて来た。

「辰吉、誰かいい女はいねえのか」

酔った勢いで、繁蔵がきいた。

「いや、あっしは……」

辰吉は首を横に振ったが、脳裏をお鶴の顔が過《よぎ》った。

「おりさと別れてから、もう二年にもなるだろう。その間に、浮いた話を一度も聞かねえし、どうなっているのか心配だ」

繁蔵が顔を覗き込んできた。

「こいつは、俺のようにならねえと自分を抑えているところがあるんだ」

辰五郎が言う。

「お前のようにって？」

繁蔵が辰五郎に顔を向けてきいた。

「俺は家族を顧みなかった。それで、女房を見殺しにしたも同然だ」

辰五郎は真剣な表情になって答えた。

「いや、捕り物をしていたら、誰にだってそういうことはある。お前のせいじゃねえ」

繁蔵が庇うように言った。

「でも、忠次のところはよくやっているよな」

辰五郎がふと呟いた。

「あいつは珍しいんじゃねえか。元々、内儀さんにはあの板前がいたのに、急に所帯をもつようになって。でも、何だかんだで幸せそうだな」

繁蔵がしんみりと言う。

遠くで七つ（午後四時）の鐘が聞こえてきた。もうそろそろ、岩松は大番屋から牢屋敷へ送られることになるだろう。

「あっしはそろそろ」

辰吉は部屋を出た。

居間に行くと、凛が三味線を抱えていた。

「これから出かけるのか」

「うん、師匠と一緒にお座敷に呼ばれているの」

「どこの座敷だ」

「『一柳』よ」

「そうか。じゃあ、俺が運んでいってやろう」

辰吉は三味線を受け取ると、凛と共に『日野屋』を出た。

不気味なくらい強い赤色の夕陽が傾いていた。辰吉はその夕陽を見ていると、どこか不安な気持ちに襲われて来た。

「兄さん、大丈夫？」

凛は心配してきいてくる。

「ああ、何でもねえ」

「少し働き過ぎなんじゃない？　休んだ方がいいわよ」

「いや、今日は十分にゆっくりできた。また明日から張り切っていかねえと」

辰吉は笑って答える。

しかし、心ノ臓が速く動いていた。何か嫌なことが起こるような胸騒ぎがしてならなかった。

第四章　独り立ち

一

烏《からす》の群れが西陽《にしび》を受けて、北に向かって飛んでいた。辰吉は小伝馬町の牢《ろう》屋敷にやって来た。

「下手人はもう護送されてきましたか」

辰吉は門番に訊《たず》ねた。

「いや、まだだ」

「そうですか」

手違いでもあって遅れているのだろうかと胸騒ぎがして、辰吉は材木町の大番屋に向かって歩き出した。

大伝馬町《おおでんまちょう》まで来たときに、目の前から安太郎が慌てた様子で走ってくるのが見えた。

辰吉は安太郎に近づき、

「兄貴、何かあったんですか」

と、きいた。

「岩松が逃げたんだ」

「えっ、どうして？」

「大番屋から牢屋敷に送っている途中、江戸橋の袂《たもと》で腹が痛いというので、うずくまったんだ。親分は橋の袂の人気《ひとけ》のない場所に連れて行き、用を足させることにした。だが、その隙《すき》に岩松が親分に体当たりして逃げ出した」

安太郎に話を聞くなり、

「内儀《おかみ》さんが危ない！」

辰吉はそう叫んで、『一柳』へ向かって駆け出した。

辰吉が通油町に入ると、路地から血相を変えた忠次が飛び出した。

「おさやが刺された！」

忠次の悲鳴にも似た声が辰吉の耳を突く。

「親分！」

辰吉は声を掛けたが、忠次は返事もせずに駆けて行った。すっかりうろたえている。

こんな忠次を見るのは初めてだ。

路地に入ると少し先に、おさやが倒れていた。

「内儀さん！」

辰吉は慌てて近寄り、体を抱き起こした。息はあった。

胸元からは血がにじみ出ている。辰吉の着物にも血が付いた。まだ刺されてからそう経《た》っていない。

手ぬぐいを巻いて、止血をした。

すぐに、忠次が町役人《ちょうやくにん》ふたりと共にやって来た。普段だったら、辰吉に行かせるはずなのに、自ら呼びに行ったのは余程慌てているのだろう。

「親分、息をしています」

辰吉は伝えた。

「本当か？」

忠次は声を上げた。

「急いでお宅へ運びましょう」

町役人のひとりが言った。

「あっしが医者を呼んできます」

もう一人は駆け出した。

三人がおさやを『一柳』に運び、裏口から入ると、おさやの凄惨《せいさん》な姿を見た女中や奉公人は言葉を失っていた。おさやの部屋に連れて行き、女中が布団を敷き、その上に横たわらせた。

辰吉が口元に耳をもって行くと、息が細かった。

(内儀さん、死んじゃだめですぜ)

辰吉はそう祈るしか他になかった。

医者がやって来た。

ひとりだけでなく、若い助手がふたりいた。

「親分、一体何があったんです?」

辰吉はきいた。

忠次は黙って立ち上がって部屋を出た。後を付いていくと、廊下を伝って裏口の方に向かう。

「油断した」

忠次は悔しそうに言った。

ふたりは勝手口に着いた。

「岩松はどっちの方向へ逃げて行ったんですか」

「元四日市町《もとよつかいちまち》から日本橋を渡り、室町一丁目へ。岩松が高砂新道《たかさごじんみち》に逃げ込んで見失ったんだ。それで、おさやのことを思い出して、急いで通油町に戻って来たんだが……」

忠次の声が震えていた。

「親分は内儀さんの傍《そば》にいてあげてください。あっしが岩松を探しに行って来ますから」

辰吉は意気込む。

「いや、俺《おれ》も行く」

「駄目です」

「どうしてだ」

「内儀さんに、もしものことがあれば……」

辰吉は考えたくなかったが、あの傷の深さであれば、万が一のこともあり得ると思った。

「でも、医者もいる」

「とにかく、親分はここにいてください。あっしの親父《おやじ》と同じ思いをさせたくないんです」

辰吉は強い口調で言い放った。

辰五郎は下手人を追っていたがために、病床の母の死に際に会えなかった。そのことをずっと引きずっている。

忠次は辰吉の肩を力なく叩《たた》くと、踵《きびす》を返した。

「必ず捕まえますから」

辰吉は今までに見たことのないような忠次の弱った背中に誓って、勝手口を飛び出した。

ちょうど、戸口から安太郎と福助が入って来た。

「辰、内儀さんは？」

安太郎がきく。

「まだ何とも」

辰吉は小さく首を横に振り、

「兄貴たちも、岩松を探しに行きましょう」

と、促した。

「ああ」

ふたりとも頷《うなず》く。

「あいつは親分にも復讐《ふくしゅう》するつもりです。だから、まだこの近くに潜んでいるに違いありません。この近辺の空き家を探してくれませんか」

辰吉は頼んだ。

「わかった。お前はどうするんだ？」

安太郎がきく。

「あっしは長谷川町の『鶴賀屋』へ」

「だが、もう助三は捕まったし……」

「一度踏み込んだ場所だから、かえって安全だと思うかもしれないので、念のために」

辰吉はそう言って『一柳』を離れると、急いで長谷川町へ駆け出した。

長谷川町に着いた頃《ころ》には、夜の帳《とばり》も下りて、料理屋からは賑《にぎ》やかな声が漏れてきていた。

『鶴賀屋』の大戸は閉まっていた。

辰吉はくぐり戸を叩いた。

「……」

返事がないのでもう一度、強く叩いた。

しばらくして、この間の番頭が顔を見せた。

「辰吉さんでしたね」

番頭は睨《にら》みつけるように言う。

「ええ、やっぱり、ここで甚一郎を匿《かくま》っていましたね」

辰吉は厳しい目を向けた。

「助三の旦那《だんな》に言われて……」

番頭は苦しそうに答える。

「また甚一郎が来やしませんでしたか」

辰吉はきいた。

「いいえ」

番頭は小さく首を横に振る。

「本当ですか？　また隠し事をすると今度は只《ただ》ではすみませんよ」

辰吉は脅すように言った。

「本当に来ていません」

番頭は真っすぐな目で答えた。

「では、店の中を探してもよろしいですか」

「どうぞ」

番頭は素直に言った。

辰吉は実際に探そうとも考えたが、ここまで言うくらいならいないかもしれないと思った。それよりも、他の場所を当たった方がよさそうだと判断して、

「わかりました。甚一郎が逃げてきたら、報《しら》せてください」

とそう言い残し、『鶴賀屋』を後にした。

相変わらずの夜の賑やかさにもかかわらず、辰吉の心は落ち着かない。それから、箱崎町の繁蔵の家を訪れた。

岩松が護送途中に逃げて、おさやが刺されたことを告げると、繁蔵は血相を変えた。

「よし、俺も手伝う」

繁蔵は手下を集めて、周辺に厳重な態勢を敷くことを約束した。

「親分、すみません。頼みます」

辰吉はもう一度、『一柳』に戻った。

五つ半（午後九時）を回っていた。月は雲に隠れ、提灯《ちょうちん》の明かりなしでは、人家のないところでは暗くて、少し先に歩いている者の顔さえ見えなかった。

辰吉は『一柳』に入り、おさやの部屋へ行った。

まだ医者と助手が残っていて、深刻そうに手当をしている。その横には、憔悴《しょうすい》した顔の忠次が、ただ見守っているだけだった。

辰吉は忠次の横に座り、

「親分、まだ見つかりません」

と、耳元で囁《ささや》いた。

「どこを探したんだ」

「長谷川町の『鶴賀屋』に行きました。番頭が出てきたのですが、やはりあそこにはいませんでした」

辰吉は伝えた。

「そうか。いずれにしても、岩松の事だ。今夜、強引なやり方でも襲ってくるかもしれねえな」

忠次は低い声で呟《つぶや》き、

「岩松が敷地に入ってきたらわかるように鳴子を仕掛けてくれ」

と、指示した。

「へい」

辰吉は立ち上がり、物置に行った。

先代の『一柳』の旦那は用心深く、押し込みに備えて、鳴子を用意していた。しばらく使っていなかったので、奥の方の葛籠《つづら》にしまってあった。辰吉はそれを取り出し、庭に鳴子を仕掛けるから、奉公人や女中たちに今夜はもう出ないようにと告げた。

ひと通り伝え終わったあと、辰吉はおさやの部屋へ行ったが、忠次はいなかった。どこへ行ったのだろうと思い、探すと忠次の部屋で安太郎と福助の三人が車座になっていた。

「失礼します」

辰吉は輪に加わった。

「岩松の姿は見つからなかった」

安太郎は言い、福助も同じであった。

「親分、もう一度確かめておきたいのですが、どういうことで岩松は逃げられたんですか」

辰吉は忠次の目を真っすぐに見てきいた。

「その言い草は何だ」

安太郎は不満そうに言う。

「そうだ、親分に非はねえ」

福助も安太郎に加勢する。

「いえ、そういうわけではないんです。ただ、いつもは取り逃がしたりしない親分が、ましてや追いかけても捕まえられなかったとなれば、あっしらが思っている以上に、手強い相手なんだと思うんです。だから、ありきたりに探索しても見つけられるはずはねえと思いまして」

辰吉は落ち着いた声で述べた。

それには、安太郎と福助も「なるほどな」と頷いた。

「で、親分、その時の様子を覚えていますか」

辰吉はもう一度きいた。

忠次は煙管《きせる》を吹かし、煙が天井まで昇って行くのを見届けてから、語りだした。

それによると、七つ半（午後五時）に、忠次は赤塚新左衛門と材木町の大番屋で待ち合わせた。赤塚には小者《こもの》がふたり付いていた。大番屋を出て、忠次が縄を引いて小伝馬町の牢屋敷へ向かっていると、江戸橋に差し掛かるときに、腹が痛いと岩松が言い出した。

それから、赤塚にどうしようか訊ねたら、橋の下の人に見られないところで用を足させろとのことで、忠次が縄を引き、橋の下に連れて行った。

「辺りを見渡したが、死角になっていて、誰も見ている者はいなかった。俺も岩松の用を足しているところを見ないように、縄を強く持ちながら他の方を見ていると、突然蹴《け》り飛ばされたんだ。一瞬、何が起こったのかわからなかった。だが、岩松が走って逃げていく姿が見えた。俺はそれから、必死に追いかけた」

忠次は息を継ぎ、さらに続けた。

「元四日市町に逃げ込み、日本橋を渡った。それから室町に入って行ったが、途中の路地で見失ったんだ。それから、俺は急いで『一柳』に駆け付けた」

「岩松は逃げるときに、もう縄がほどけていたんですか」

「そうだ」

「緩かったというわけではないですか」

「しっかり結んでいたが、あの怪力だ。もっと強く結べばよかったな」

忠次は力なく答える。

「岩松はどこで得物を手に入れたんでしょうね」

辰吉は口にした。

「さあ、それがわからねえ。誰かのを盗んだのかもしれねえな」

「その辺りをきき廻《まわ》った方がいいかもしれませんね。もしかしたら、まだ仲間がいるかもしれません」

辰吉は強い口調で言う。

安太郎と福助は納得するように聞いていた。

「辰吉」

忠次は突然、名を呼んだ。

「はい？」

辰吉はきき返す。

「お前も随分頼もしくなったな」

忠次は遠い目をして言った。

「いえ、まだまだ」

辰吉は昼間、繁蔵にも同じようなことを言われ、自覚しつつあった。だが、まずは岩松を捕まえなければならないという思いが先行した。

「岩松は今夜襲ってくるかもしれませんので、あっしはここで寝泊まりします」

辰吉は決めた。

「俺たちも」

安太郎と福助は言った。

三人で鳴子を庭に張り巡らせた。

しかし、その夜、岩松が現れることはなかった。

二

次の日の朝、おさやの様子を見てみると、予断を許さない状況だった。辰吉は枕元《まくらもと》で必ず岩松を捕まえると誓ってから、鳴子を取り払い、『一柳』を出て、探索に当たった。

岩松はもう近くには潜んでいないのだろうか。おさやを刺したらそれで満足だったのだろうか。

辰吉の頭の中で、様々なことが巡った。

しかし、一昨日《おととい》の夜に岩松を捕まえた時に、甚五郎の復讐《ふくしゅう》が出来ずに悔しがっていたことが思い起こされる。

あの様子だと、おさやを殺すだけでは気が済まないのではないかと思う。口にしていたように、忠次も狙《ねら》うつもりだ。

（岩松は他に逃げる当てがあるのだろうか）

そう考えたとき、ふと岩松が通っていた上野五条天神裏にある横町の女郎屋へ行ってみようという思いが浮かんだ。

辰吉は御成道《おなりみち》を通って、五条天神の裏手までやって来た。

女郎屋へ行くと、番頭が辰吉の顔を覚えており、

「また何かあったのですか。もしかして、昨夜のことで……」

と、不安そうな顔をした。

「昨夜のこと？」

何か知っていそうな言葉に、辰吉は食いついた。

「岩松さんに似た男がやって来たんです」

「似た男？」

「ええ、笠《かさ》で顔を隠していたのではっきりとはわからなかったのですが、それらしい体つきで、声もどことなく似ていました」

「おかしいとは思わなかったのですか」

「捕まったって聞いたので、まさか岩松じゃないと思って……」

番頭はそう答えながら、恐ろしいものを見たような、あるいは親に叱《しか》られる子ども

のような気まずい顔をした。

「とりあえず、あいつを呼んできます」

番頭はひとまず、辰吉を入り口から上がってすぐのところにある部屋に通して、待つように言った。

辰吉は腰を下ろして、昨夜、この女郎屋のことを思い出していれば、岩松を捕まえられたかもしれないと後悔が押し寄せてきた。

しかし、今さらどうしようもない。岩松が頼りそうなところを一つずつ潰《つぶ》していくより他に方法はない。

そんなことを思い描いていると、この間の女郎がやって来た。

「あの人が何か？」

いまにも飛び掛かって来そうな勢いで女はきいた。

「護送中に逃げた。それだけじゃなく、人を刺した」

辰吉は深い声で知らせた。

「えっ……」

女は口を開いたまま、言葉を継げなかった。

「ここにはやって来たんだな」

辰吉は鋭い口調で確かめた。

「いいえ」

女は目を泳がせながら、小さく否定する。

「来ていないだと？」

「ええ」

女は首を曖昧《あいまい》に動かした。

「ここに来ているのはわかっているんだ」

辰吉はもう一度、確かめた。

「……」

女は目を伏せ、右手と左手の指を絡ませた。

「いくら好きな男の為《ため》でも、嘘《うそ》を吐《つ》くんじゃねえ。番頭はちゃんと来たと認めたんだ」

辰吉はきつい眼差《まなざ》しを向けた。

「……」

女は辰吉の顔をちらっと見ると、怯《おび》えるように首を引っ込めた。

「素直に話して欲しい。こっちは人を刺されているんだ。あいつを野放しにしておくと、他にも襲われる者が増える」

辰吉は断定した。

「はい……」

女はぼそっと呟いた。

「やはり、そうか。朝までいたのか」

辰吉は女の気持ちをわかりつつも、同情することもなく、淡々ときいた。

「いえ、昨夜の四つには帰りました」

「四つに？」

「何でも、挨拶《あいさつ》しなきゃならないところがあるというんで」

「挨拶？　どこなんだ」

「わかりません」

「わからないだと？」

辰吉は顔を覗《のぞ》き込んだ。女が嘘を吐いているかもしれない。この女は岩松に心底惚《ほ》れているのだ。

「嘘は申しません」

女は、はっきりと答えた。

辰吉が女の目をじっと見ても、女は目を逸《そ》らさなかった。手足も不自然に動いていない。

「お前さんの言うことを信じる。じゃあ、何か言い残して行かなかったか」

辰吉はきいた。

「私が『岡《おか》っ引《び》きの親分に復讐するのは止《や》めたの？』ときいたら、『まだだ』と言っていました」

「そうか」

やはり、岩松は忠次を殺すつもりである。

「他には？」

「いえ」

「もし、また訪ねてくるようなことがあれば、報せてくれ」

辰吉は女に託すように言った。

「はい……」

女は小さく頷いてから、

「あの、もし岩松さんが捕まったらどうなりますか」

と、きいてきた。

「ちゃんと、裁きを受ける」

辰吉は女にとって聞きたくないであろう言葉は口にしなかった。しかし、女はそれでは気が済まないのか、

「死罪になるんですか」

と、きいてきた。

辰吉は何と答えていいのかわからない。死罪に間違いはないだろうが、もし辰吉がそのことを認めたら、この女はどうなるだろう。

「早く捕まれば、助かるかもしれねえ。一番問題なのは、次に何か起こされることだ。お前さんもあいつのことを思っているんだったら、早く捕まることを祈るしかねえ」

辰吉が気張って言うと、女は考え込んでいた。

「とにかく、何かあったらすぐに知らせてくれ」

辰吉はそう言って、女郎屋を後にした。

それから、五条天神の周辺で岩松を見かけなかったかきいて回ったが、有力な手掛かりは摑《つか》めなかった。

忠次を襲うために『一柳』の周辺にいるかもしれない。

そう思い、通油町に戻った。

『一柳』は、ひっそりとしていた。

裏口から入り、忠次の部屋に行ったが、忠次の姿はない。

廊下にいた女中に、

「親分は？」

と、訊ねた。

「先ほど、繁蔵親分が訪ねてきて、一緒に出掛けました」

「繁蔵親分が？」

何の用で来たのだろうと思ったが、繁蔵が付いているなら、もし岩松に襲われたとしても安全だ。

辰吉は昨日のおさやが刺された状況を把握するために、岩松の行動を洗ってみることに決め、江戸橋へ行った。

江戸橋の南詰の広小路は多くの通行人で賑わっていた。

橋の下には、漁船や乗り合いの舟の他、屋根船なども停泊しており、日本橋川沿いには舟宿が建ち並んでいる。

辰吉は橋から一番近い舟宿に顔を出した。一階には乗り合いの舟を待つ客が大勢集っていて、店の者は忙しそうだった。辰吉は話し掛けようにも、客じゃないとわかると後廻《あとまわ》しにされ、しばらく待たされた。

他の舟宿から聞いて回ろうと思い、隣の舟宿に移ったが、そこも客であふれていた。

たまたま帰ってきた日に焼けた三十過ぎの船頭をつかまえて、

「あっしは忠次親分の手下で辰吉と申します。昨日の夕方、護送中の男が逃げたことについて伺いたいのですが」

辰吉は切り出した。

「ああ、それならよく覚えている」

船頭は答えた。

「その時の様子を教えて頂けませんか」

辰吉が頼むと、

「俺はちょうどその時、乗り合いの舟を漕《こ》いでいて、小網河岸に向かっていたんだ。そしたら、乗っていた客のひとりが、下手人が逃げ出したと立ち上がって、江戸橋の方を指したもんだから、振り向いた。大きな体の男が岡っ引きを振り切って逃げ出して、元四日市町の方へ走って行った」

船頭は答えた。

「その時、同心の旦那はどうしていましたか」

「橋の上にいたが、慌てて追いかけていた。だが、男が足が速くて、そこからはわからねえな」

船頭は首を傾《かし》げる。

「ありがとうございます」

辰吉は礼を言い、その舟宿を出て、他の場所も当たった。しかし、橋の下は死角になっており、逃げていく岩松と追いかける忠次の姿しか見ていないという者だけだった。

もう一度最初の舟宿に戻ると、眉毛《まゆげ》の太い亭主がいた。

どこか見覚えのある顔だ。よく見てみると、この間、助三の賭場《とば》に入って行った客のひとりだ。

「そういえば、お前さん、この間、賭場に出入りしていませんでしたか」

辰吉はいきなり切り出した。

「えっ、急になんだ……」

亭主はうろたえた。

「賭場に入って行くのを見ていたんだ」

「……」

「別にそのことを咎《とが》めようっていうんじゃない。実は聞きたいことがあるんだ」

「なんでしょうか」

「昨日の下手人が逃げたのを知っているか」

「ええ、見ていました」

亭主はあっさり言う。

「どこで見ていたんだ？」

「あの時は客も少なくて、外で莨《たばこ》を吸っていたんです。そしたら、護送されていたのが、賭場で見た顔だったので」

「あの男が親しくしていた者はいなかったか」

辰吉は確かめた。

「親しくしていたかはわからないですけど、肌は浅黒いずんぐりむっくりした奴《やつ》と話しているのを見かけました」

亭主は答える。辰吉は頭の中でその風体を思い描いた。

「そいつの名は？」

「知りません。でも、この近辺でも、何度か見かけたことのある男です」

辰吉は舟宿を離れると、ずんぐりむっくりした男を探すため、近くできき廻った。

すると、屋台の蕎麦屋《そばや》の亭主が、

「もしかしたら、植木職人の貞三《ていぞう》かもしれねえな」

と、答えた。

亭主によると、貞三とは海賊橋を渡ってすぐの坂本町に住む三十くらいの男だ。

元々、腕利きの植木職人として期待されていたが、五年前に女房に逃げられてから酒と博打《ばくち》に狂い、喧嘩《けんか》に明け暮れているという。

辰吉はそのことを聞いた瞬間、何か感じるものがあった。

さっそく、坂本町へ行った。

この辺りは、薬師堂《やくしどう》の縁日に植木市が立つことで有名なところで、植木屋が軒を並べていた。

自身番へ顔を出すと、知った顔の四十過ぎの男が出迎えた。

「植木屋の貞三という男のことなんですが」

辰吉が切り出すと、

「あいつが何かやらかしましたか」

男は声を上げた。

「いや、そういうわけじゃないんですが、ちょっとききたいことがあって。貞三の住まいを教えて頂けますか」

「ここを出て二つ先の角を左に曲がってください。そしたらすぐ右手の路地を入ってください。そこのとば口の家です」

男は教えてくれた。

辰吉は男に言われた通り、裏長屋へ向かった。

三

遠くで雨の降りそうな黒い雲が広がっていた。

今夜ひと雨降るかもしれないと思いながら、辰吉は長屋木戸の前で立ち止まった。

たくさんの千社札が貼《は》られている。その中に、ひと際太い文字で、貞三と書かれているものがあった。

木戸をくぐり、とば口の家の前に立った。

その時、酒屋の小僧が徳利《とっくり》を抱えて、木戸を入って来た。それから、貞三の家の腰《こし》高障子《だかしょうじ》を叩いて、「酒屋です」と言った。

辰吉は慌てて背を向け、井戸の方に進んだ。

そっと振り向くと、ずんぐりむっくりした男が出てきて、

「遅かったじゃねえか」

「すみません。おかみさんが風邪《かぜ》を引いて薬をもらいに行っていたので」

「風邪くらい、放《ほう》っておいても治るだろう」

「でも、旦那に言われましたんで」

酒屋の小僧は腰を低くして言った。

「まあ、いい。とりあえず、中に運べ」

「へい」

酒屋の小僧は家の中に入り、すぐに出てきて、ため息をつきながら長屋木戸を出て行った。

辰吉はその場を離れた。

酒屋の小僧の後をつけ、少し歩いたところで、

「ちょっと、よろしいですか」

と、声を掛けた。

「何でしょう？」

「あっしは通油町の忠次親分の手下の者ですが、さっき、貞三のところへ行きましたね」

「はい」

「随分横柄なひとじゃありませんか」

辰吉は探りを入れた。

「まあ、そうですね。いつものことなので、もう何とも思っていませんが」

酒屋の小僧は笑いながら答える。

「それより、さっき家の中に入りましたよね」

「ええ」

「その時、他に誰かいませんでしたか」

「いました。体の大きな……」

そう聞いたとき、辰吉は胸が高鳴った。岩松が貞三の家に潜んでいる。

「ありがとうございます」

辰吉は礼を言って、もう一度、長屋の方へ向かった。

これから、貞三の家に押し入ろうか。

しかし、相手はふたりだ。岩松ひとりであっても、あの怪力では真向から戦えば敵《かな》わない。ここはひとまず忠次に報告をしようと決め、『一柳』に帰った。

部屋の真ん中で、忠次は腕を組み、難しい顔をして畳の一点を見つめていた。

辰吉は断りを入れてから、

「岩松の隠れているところがわかりました」

と、告げた。

「どこだ」

「坂本町の植木職人の貞三という男のところです。いることがわかったので、踏み込もうと思ったのですが、あっしひとりだったので帰って来ました」

「そうか。さっそく、赤塚の旦那に報せて踏み込むぞ」

「へい、じゃあさっそく」

辰吉は意気込んで答えた。

「いや、赤塚の旦那のところへは町役人を行かせる。お前は、繁蔵親分のところへ行って、踏み込む時の手伝いをして欲しいと報せてくれ」

忠次が指示した。

「繁蔵親分に？　そういえば、昼間も一緒にいたそうですね」

「ああ、探索を手伝ってくれると言ってくれてな」

「助三を捕まえられたお礼なんですかね。でも、そこまでしてくれると後が恐《こわ》いですね。繁蔵親分だけに」

辰吉は冗談めかして言った。

「まあ、大丈夫だろう。親分も大分丸くなって、俺たちにも歩み寄ってくれるようになったからな」

忠次は当然のように言い、

「貞三の家に踏み込むのは俺とお前だ。繁蔵親分には長屋の裏手に回ってもらい、逃げてきたところを捕まえてもらおう」

と、きいてきた。

「わかりました。じゃあ、さっそく行ってきます」

辰吉は『一柳』を出て、箱崎町へ向かった。すっかり陽が暮れて、雨粒が辰吉の肌に当たった。

もっと雨脚は強くなるのかもしれないと思ったが、繁蔵の家まで、糸のような雨が続いた。裏口から入ると、どこからとなく焼き魚のにおいが漂ってきた。奥からは和やかな声が聞こえて来る。

「繁蔵親分、辰吉でございます」

辰吉は声を上げた。

少しして、廊下から重たい足音が聞こえ、繁蔵がやって来た。

「どうしたんだ」

歯に何か詰まっているのか、楊枝《ようじ》を使いながらきいてきた。

「岩松の居所がわかりまして」

辰吉が告げると、

「本当か」

繁蔵は楊枝を手のひらに仕舞って、

「どこなんだ」

と、きいた。

「坂本町の植木屋貞三のところです」

「そうか。すぐに手下を集めて向かう」

繁蔵は一旦《いったん》奥に引き下がり、若い手下を連れてきた。

「長屋だとあまり大勢ではいけねえ」

辰吉は繁蔵たちを道案内するように先頭に立ち、坂本町へ向かった。

さっきよりは少し強まった雨が降り続く。道がぬかるんできて、視界が見えにくくなった。

「踏み込むにはもってこいだ」

道中で、繁蔵は呟いた。

「まずあっしと忠次親分が踏み込みますので、親分は長屋の裏手で待っていてくださ
い」

「わかった」

繁蔵は答える。

やがて、坂本町に着いた。

自身番の前に、雨に打たれる忠次と赤塚の姿があった。

「繁蔵親分、すみません」

忠次は頭を下げた。

「いや、この間の礼だ」

そんなことを話しているうちに、安太郎がやって来て、

「ふたりは酒を呑《の》んでいます」

と、一同を見渡す。

「よし、抜かるなよ」

赤塚が厳しい声で言い、それぞれが持ち場へ向かった。

辰吉と忠次は裏長屋へ行き、木戸をくぐり、とば口の家の前に立った。腰高障子越しに灯《あか》りが見え、声が聞こえて来るが、何を言っているかはっきりとはわからない。

「親分、よろしいですか」

辰吉は確かめた。

「ああ」

忠次が頷いた。

辰吉は腰高障子に手を掛ける。

声が止まり、がさっと音がした。

辰吉は思い切り戸を開けた。

岩松と貞三が立ち上がった。構わず岩松に向かっていこうとすると、突然、灯りが消えた。

途端に、目の前に拳《こぶし》が見えた。

辰吉は咄嗟《とっさ》に避《よ》ける。

しかし、間も置けず、もう一発飛んで来た。

辰吉は素早く相手の腕を取り、土間の方に向かって投げた。

前を向くと、うっすら大きな体が見える。匕首《あいくち》を取り出していた。

背中で「大人しくしろ」と叱りつける忠次の声が聞こえ、「逃げろ」と貞三があがく声もした。

それと同時に、安太郎と福助がなだれ込んだ。

「岩松！　覚悟しろ」

安太郎が叫んだ。

「気を付けてください」

辰吉は岩松を見ながら言った。

「お前にばかり任せてられねえ」

安太郎が途端に飛び掛かった。

岩松は待ってたとばかりに、足を踏み出す。直後に、安太郎は悲鳴を上げて倒れた。

「安太郎、大丈夫か」

福助が叫んだ。

「自身番に運ぶんだ」

忠次が福助に言い付けた。

「あっしは大丈夫です」

安太郎が苦しそうに言う。

「いいから、連れて行け」

忠次は切羽詰まった声で言い付ける。

「へい」

福助は答えた。

辰吉は暗がりの中に浮かぶ岩松の影に立ち向かう。

岩松は裏庭側の障子を背にして、匕首を辰吉に構えながら、じりじりと後ろに下がった。

「代われ」

忠次が辰吉の前に乗り出した。

その途端に、岩松が忠次に飛び掛かる。

「親分！」

辰吉は忠次の前に身を出そうとしたが、その前に忠次は十手で岩松の攻撃を受け止めた。

岩松は続けざまに匕首を突き出した。

忠次は後ろに飛び退《の》いた。

辰吉はさらに忠次に襲いかかろうとする岩松に突進し、胴体を横から両手で抱えるように壁に打ち付けた。

そして、すぐさま足を掛けた。

岩松はよろけたが、足を踏ん張った。

突然、雷の光が目に飛び込んで来た。と、同時に、岩松は裏庭側の障子を突き破り、外に飛び出した。

辰吉も外に出た。近くに落ちたかのような凄《すさ》まじい雷鳴が轟《とどろ》く。

雨が強まり、辰吉の顔に殴りつけた。

「岩松!」

辰吉は腹の底から声を出した。

岩松は塀をよじ登って、向こう側に逃げる。

辰吉も塀に飛びついた。地面に下りたとき、岩松は路地を走り、大通りに出ようとしていた。

その時、岩松の前に繁蔵と手下が現れ、行く手を阻む。

岩松は慌てて足を止め、急にこっちに引き返した。

辰吉は岩松の右手を取ってから捻《ひね》り上げ、

「もう逃げられねえぞ」

と、跪《ひざまず》かせた。

忠次が追いつき、岩松の首元に十手を突きつけ、

「観念しやがれ。お前は獄門だ」

と、鞭《むち》を打つように言った。

岩松は「お前も大事な者を失った辛《つら》さはわかっただろう」と吐き捨てるように言った。

忠次は睨みつけた。

赤塚がやって来ると、

「岩松、いや甚一郎。お主の悪事もこれまでだ」

そう言い放った。

忠次は岩松に縄をかけて、皆揃って大番屋へ連行した。途中で岩松にどんな気持ちでいるのかと話しかけたが、黙ったきりで、何も答えなかった。

黙秘している様子が、どことなく不気味で、また頭の中で逃亡を企てているようにも見受けられた。

ただ、いくら怪力の上に、悪運の強い岩松であっても、またも逃げることは出来な

いだろうと思った。

大番屋に着くと、辰吉はびしょ濡《ぬ》れであった。他の者も同じだ。しかし、そんなことを気にしない程、岩松を捕らえた歓びの方が大きかった。

「こいつはまたいつ逃げ出すかわからない。両手両足を縛っておくように」

赤塚が大番屋の者に言い付けた。

辰吉は忠次や繁蔵たちと帰路についた。

その頃には、もう雨脚はだいぶ弱まっていた。

皆、やり切った感じであったが、忠次だけは何となく暗かった。

おさやがまだ回復していないから素直に喜べないのかもしれない。辰吉もおさやのことが心配で、歓びを言葉に表すことに抵抗を覚えた。

繁蔵や他の者たちもそれを悟ったのか、忠次には話しかけず、静かに歩いた。

やがて、『一柳』の前まで来て、

「じゃあ、またな」

と、繁蔵と手下は去った。

辰吉は忠次に別れを告げ、長屋に帰って行った。

四

明くる朝、昨日の雨から一転して、夏のような強い陽ざしが差していた。もう道は乾き、水たまりもない。

辰吉は『一柳』に顔を出した。廊下で出くわした女中が、「ついさっき、内儀さんが少し喋《しゃべ》ったんです」と驚いたように言った。

「本当か」

辰吉は忠次の部屋に向かう前に、おさやの部屋を覗いた。

相変わらずおさやは寝たままだが、「辰吉」とか細い声を出した。

辰吉は枕元に座り、

「内儀さん、岩松を捕まえました」

と、報告した。

すると、おさやが「ありがとう」と辰吉の手を握った。

「しばらく安静にしていたら、すぐよくなりますよ」

辰吉は励ましてから、忠次の部屋へ行った。

忠次は茶色い献上帯を締めているところで、

「親分、内儀さんは助かるかもしれません」

と、告げた。

「本当か」

忠次は振り向き、低い声で言った。

「ええ、さっき手が動きました」

辰吉の声は弾んでいた。

「そうか。助かってくれればいいがな」

忠次の不安そうな顔は変わらなかった。

「ところで、今日は大番屋へ行くんですか」

辰吉はきいた。

「いや、赤塚の旦那に任してある。俺はもう……」

忠次はそう言ってから、口を噤《つぐ》んだ。

取り逃がしたことで、自分を責めているのだろうか。

「でも、親分は岩松に言いたいことはたくさんあるんじゃないですか」

辰吉は言った。

「いや、あとはちゃんと裁かれることを願っている」

忠次はどこか遠くを見て言い放つ。

辰吉は覇気《はき》のない忠次に戸惑いながら、また夕方に来ると告げて『一柳』を出た。

それから、念の為に大番屋へ様子を見に行こうと思い歩いていると、大伝馬町の四辻《よつつじ》で手下を連れた繁蔵に出くわした。

「昨夜はありがとうございました。親分のおかげで、岩松を捕まえることが出来ました」

辰吉は深く頭を下げた。

「助三の時の礼だ。それより、お前も大番屋に様子を見に行くのか？」

「ええ」

「俺も同じだ」

繁蔵は笑った。

「じゃあ、一緒に」

辰吉と繁蔵は肩を並べて、材木町に向かって歩き出した。道中で何人かに、「辰五郎親分かと思ったら、辰吉さんじゃありませんか」と見間違われた。

「そんなに親父に似ていますかね」

辰吉は繁蔵に苦笑いしながらきいた。

「それだけ、威厳が出てきたっていうことだろう」

繁蔵は真面目《まじめ》な顔をして答える。

「そうですかね。まだそんなんじゃないですよ……」

辰吉は謙遜《けんそん》して言った。

「それより、忠次の様子はどうだ」

繁蔵はきいてきた。

「どうって言いますと？」

「岩松を捕まえたのに、何だか暗かったから」

「やっぱり、親分にもそう見えましたか」

「ああ、いつもの忠次じゃねえ」

繁蔵は言い切った。

「今朝も昨晩のように、どこか堅苦しい表情なんです。内儀さんの手が動いたということを知らせても、『助かってくれればいいがな』と浮かない返事で。近頃、少し元気がなかったところに、岩松を取り逃がした、さらにお内儀さんが刺されたで、随分気持ちがやられているんじゃねえかと思うんです」

「間の悪いことに、そういうことは重なるものだな。でも、あの忠次がな……」

繁蔵は納得できないように、首を傾げた。

やがて、辰吉たちは大番屋に辿《たど》り着いた。

「岩松は逃げていないだろうな」

繁蔵がきくと、

「厳重に見張っていたので大丈夫です」

番人は胸を張って答えた。

「そうか。なら、よかった」

繁蔵はそれだけで引き上げようとした。

「親分、あっしは岩松に話したいことがあるんで」

辰吉はその場で繁蔵と別れた。

大番屋に入り、光の差し込まない仮牢の格子越しに岩松と対面した。岩松は昨夜雨に打たれたまま、髷《まげ》を整えていないのか、鬢《びん》が乱れている。血走った眼《め》ではなくなっていたが、不貞腐《ふてくさ》れるような顔だった。

「いまはどんな気持ちだ」

辰吉は問いただした。

「……」

岩松は口を堅く閉ざしたまま、何も答えない。

この男は三年前の追剝《おいはぎ》をしていた時に何人か殺したことに加え、利八を金目当てで殺した。

調べた限り、病気の親がいたり、どうしても金が必要ということはないだろう。身勝手な理由で平気で人を殺した挙句に、弟の甚五郎が誤って死んだのを忠次のせいにして、忠次の大切な女房のおさやの命さえも奪おうとしたことに甚《はなは》だ憤りを覚える。

「お前のような奴は生きていることが許せねえ」

辰吉は睨みつけた。

すると、今まで黙っていた岩松がカッと目を見開き、

「俺のような見放された者の気持ちをお前はわからねえだろう」

と、鼻であしらうように言った。

「どういうことだ」

辰吉はきいた。

「俺の親父は酒屋の手代だった。おっ母《か》さんが病気をした時に薬代がなくて、一か八《ばち》かで賭場に行った。その時は運よく儲《もう》かって、薬代を稼げた。それで味をしめたのが

間違いのきっかけだった。おっ母さんは薬のおかげで助かったが、快復したときには親父はもう博打にのめり込んで、仕事さえ手に付かないほどだった。おっ母さんはそんな親父に嫌気が差して、俺と甚五郎を捨てて夜逃げしたんだ。親父に助けてもらったのに、まったく、酷《ひど》い女だぜ」

岩松は怒りを滲《にじ》ませながら、さらに続けた。

「まあ、でも親父も親父だ。博打で付いていないと俺と甚五郎を殴るようになった。それが毎日続いたんだ。毎日だぞ。お前にその気持ちはわからねえだろうな。それで、俺は自分と甚五郎の身を守るために、親父を殺した」

「えっ？」

「もう十五年以上前のことだ。親父が品川の女郎屋へ行く時に途中の人気のないところで殺したんだ。死体はその後どうなったかわからねえが、親父が急にいなくなっても長屋の者は誰も探そうとしなかった。借金で首が回らなくなったから、子どもを捨てて逃げたんだと皆は思い込んでいた」

岩松は語った。

「それが初めて人を殺したときか」

辰吉は確かめた。

「そうだ。その時から人を殺すことに何ら抵抗を覚えなくなった」

岩松は平然と言う。

「一体、今までに何人殺したんだ」

辰吉はきいた。

「さあ、数えてねえからわからねえが……」

岩松は指を一本ずつ折っていき、

「少なくとも五人は殺してら」

と、答えた。

「お前には良心というのがねえのか」

「そんなもの、子どもの時分に失《な》くしちまったぜ」

「利八さんを殺したことについては、どう思うんだ?」

「利八?」

「杉ノ森稲荷でお前が殺した男だ」

「ああ、あの背の低い野郎か」

「お前は利八さんを殺しただけでなく、娘のお鶴が家族を助けるために、意を決して吉原に身を売った金をも奪ったんだぞ!」

辰吉は怒鳴った。こみ上げた怒りが収まらない。

「俺にはそんなこと関係ねえ」

岩松が舌打ち混じりに言う。

「この野郎」

辰吉は思わず岩松に殴りかかりそうだった。

岩松はそんな辰吉の様子を鼻で笑い、

「それより、忠次はうろたえているか？　内儀が殺されて沈んでいるか」

と、辰吉の目を見てきいてきた。

辰吉はひと呼吸おいてから、

「内儀さんは生きている」

と、告げた。

「生きているだと？」

「ああ、もう助かるだろう」

辰吉は定かではないが、そう言った。

すると、岩松は激しい言葉を使って罵倒《ばとう》してから、

「ちくしょう。俺としたことが……」

と、力が抜けるように言った。

「お前が江戸橋で逃げたのは、内儀さんと忠次親分を殺すためだな」

辰吉は確かめた。

「ああ」

「どうやって縄を解いたんだ」

辰吉は確かめた。

「どうやっても何も元から縄が緩かったんだ」

「元から緩かっただと？　一体、誰が縄をかけたんだ」

「忠次だ」

岩松は舌打ち混じりに言う。

そんな手違いを忠次がするなんて信じられず、

「本当に親分が縄をかけたのか」

と、もう一度きいた。

「間違いねえ」

岩松は小さい声で答えた。

「じゃあ、腹が痛いと言い出した時には、縄を解いて逃げられると思っていたのか」

「逃げられるかどうかは賭《か》けのようなものだ。赤塚が構わずに連れて行けと言ったらそれまでの話だ。実際、赤塚は俺の言葉を疑って応じようとしなかった。だけど、忠次がなぜか情けをかけてくれた。それで、赤塚も渋々認めたんだ」

辰吉は岩松の言葉を聞きながら、忠次があそこまで覇気がない理由がわかったような気がした。今まで忠次のせいではなく、岩松の怪力と悪運の強さで逃げられたと思っていたが、どう考えても、忠次が警戒心を緩めたから逃げられたのだ。

どうして、今回に限って忠次はそこまで考えられなかったのか。

納得が出来ない。

辰吉は帰り際に岩松に向かって、「お前は生きているべきじゃねえ」と言い付けてから、大番屋を出た。

昼の九つの鐘が遠くで鳴っている。夏のように強い陽ざしが差す。辰吉は少し歩いただけで額にじっとりと汗をかいていた。

大番屋を出ても、忠次がなぜ縄を緩く縛っていたのか、途中で催したと言い出した時に初めは赤塚が認めなかったものの、なぜ忠次が情けを掛けたのかが引っ掛かる。

辰吉は納得のいく答えを出せないまま、忠次が岩松を見失った室町の高砂新道へ行った。ここは縮緬饅頭《ちりめんまんじゅう》で有名な『高砂屋《たかさごや》』があることから、その名が付けられた。魚市場の近くということもあって、多くの商人が行き交っている。

辰吉はこの辺りで一昨日の様子を知っている者を探すと、『高砂屋』の向かいにある扇問屋の若旦那が二階から眺めていたという。

「あれは不思議でしたな。少し離れているとはいえ、逃げた下手人は忠次親分から見えていただろうに、追いかけるのを途中で諦《あきら》めたようでした」

若旦那は語った。

段々と忠次に対する疑いが深くなっていった。しかし、心では忠次に限ってそんなことはないと思いたかった。

五

辰吉は通油町に戻って来た。

自身番を過ぎたあたりで、小鈴に出くわした。

「師匠《ししょう》、おでかけですか？」

辰吉は声をかける。

「いや、戻って来たところだよ。それより、昨晩は大そう活躍だったそうだね」

小鈴がにこやかに言った。

「いえ、繁蔵親分のおかげです」

辰吉は答える。

「そうかい。繁蔵親分もお前さんを手伝ってくれるなんて、随分と丸くなったね」

「ええ、数年前には、繁蔵親分とこうして一緒に下手人を捕まえることなど思いもしなかったです」

「まったくだね。それより、忠次親分は大丈夫かい」

小鈴が心配そうに声をかけた。

「親分は……」

辰吉は言葉に詰まった。

「ここのところ、ずっと変な感じがしないかい」

小鈴は探るようにきいてきた。

「えっ、やっぱり師匠も思っていましたか？」

「まあ……」

小鈴は何か考えるような目をした。

「師匠、心当たりが？」

辰吉はきいた。

「いや、何でもないよ」

小鈴は首を横に振る。

「教えてください。気になっているんです」

「いや、ちょっとね……」

小鈴は口ごもる。

「ちょっとなんですか」

「お前さんは多分知らないことだよ」

「それでもいいですから教えてください」

辰吉はしつこく粘った。

「昔、『一柳』で働いていた板前に出くわしたんだよ」

小鈴が何気なしに言った言葉が、辰吉の耳に刺さった。咄嗟に九段坂で出会った色の白い、きりっとした目つきの男を思い出した。

「板前っていうと、内儀さんが昔付き合っていたという？」

辰吉はきいた。

「なんだね。知っているのか」

「親父に教えてもらったんです。たしか、寅助さんでしたね」

辰吉は答えてから、

「寅助さんとはどこで？」

と、きいた。

「『一柳』の裏手さ。店を覗き込んでいるようだった。内儀さんが刺されたことを知って、様子を見に来たんじゃないかと思って」

「でも、内儀さんが寅助さんと付き合っていたのは、親分と一緒になる前の話ですよね」

「そうなんだけどね……」

小鈴は意味ありげに言う。

辰吉は、はっとした。

「ひょっとして、それからも関係が続いていたのですか」

「わからないよ。私の勝手な憶測だけど」

小鈴はそう前置きをしてから、続けた。

「半年くらい前、私が座敷に呼ばれた帰り、柳橋を歩いていると、『舟万《ふなまん》』という舟宿の二階の窓から男女が顔を出していた。男の方は間違いなく寅助さんで、女の方はよく見えなかったんだけど……」

小鈴は濁した。

「内儀さんだったんですね」

辰吉は確かめた。

「ただ似ていただけかもしれない」

小鈴は繕うように言ってから、

「それから、ひと月後に柳橋でその舟宿から内儀さんが出て来るのを見かけたんだ。何をしているのか聞いたら、寄合があったって」

「寄合？」

辰吉は思わずきき返した。

ここのところ、寄合だと言って出かけることが多かった。岩松に刺された日の昼間にも寄合に行ってくると言っていた。

しょっちゅう寄合があるものだと気になっていた。忠次がここのところ様子がおかしいのも、そのことに気が付いたからなのだろうか。

「だけど、いま言ったことは私の勝手な憶測だからね。親分にそんなこと言うんじゃないよ」

小鈴は焦るように言って、その場を去って行った。

辰吉は柳橋へ足を進めた。

大川から舟が入って来るのが何艘《そう》か見えた。入れ違うように、神田川から大川にも舟は出て行った。辰吉は考え事をしながら、『舟万』に辿り着いた。ここは以前、雨の甚五郎の行方を追っている時にきき込みに入ったところだと思い出した。

「すみません、ちょっとお伺いしますが」

人の好《よ》さそうな五十過ぎの亭主に声をかけた。

「あなたは少し前にも来た」

「ええ」

「またこの間の件で？」

「まあ、そうです」

辰吉は誤魔化してから、

「ここによくおさやさんという女性は来ていませんでしたか」

と、訊ねた。

「おさやさん？」

亭主はきき返す。

「三十代前半で、淑《しと》やかそうな感じの料理茶屋の内儀なんですが」

「ちょっと名前だけだと……」

亭主は困ったように首を傾げたが、必死に思い出そうとしているようだった。

「多分、寅助さんという色の白い、きりっとした目の男と一緒に来ていたと思うんですが」

辰吉はそう言うと、相手は思い出したようで、

「ああ、あの方ですか。飯田町《いいだまち》の料理茶屋の板前さんですね。たしかに、月に二、三度は見えています」

亭主は声を高めた。飯田町は九段坂の下にある。

「ふたりはどんな様子でしたか」

辰吉はきいた。

「仲がよさそうでしたね」

「仲が良いというと、つまり男と女の間柄だと？」

「まあ、そうですね。互いにそれなりの歳《とし》なのに、うちで忍び会っているのを見るとただならぬ関係だとは思っていましたが……」

亭主は答える。

「もしかして、一昨日の昼間、寅助さんはここに来ていませんでしたか」

辰吉は確かめた。

「はい、来ていました。一刻ほどうちの二階の座敷にいて、それから帰って行きました。何だかいつもより嬉《うれ》しそうでしたね」

岩松が『鶴賀屋』で捕まってようやく会えると思ったからだろうか。

辰吉は亭主に板前が働いている料理茶屋を教えてもらい、柳橋から武家屋敷を抜けて、九段坂の手前にある飯田町へ行った。裏手にある庭付きの大きな店であった。

辰吉は店に入り、女中に寅助を呼んでもらった。

庭の池の近くの大きな松の木の下で待っていると、やがて寅助がやって来た。

「あっ」

寅助は声を上げた。

「何の用かわかりますね」

辰吉は厳しい声で言った。

「……」

寅助は答えない。

「忠次親分には言わないので、正直に答えてください。内儀さんとは、まだ続いているんですか」

「いいえ」

「正直に答えてください」

「本当ですよ」

寅助の目が泳いでいる。

「別に責めようってわけじゃないんです。ただ、これが重要なことに繋《つな》がっているんです。内儀さんが刺されたことは、あなたも知っているでしょう。もしかしたら、あなたと密会していたために、ああなってしまったのかもしれないんですよ」

詳しくは言わなかったが、情に訴えかけるように必死に伝えた。

「内儀さんと、『舟万』で忍び会いしていましたね」

辰吉は低い声で、もう一度問い詰めた。

少し間があってから、

「半年前からです」

寅助は認めた。

「どうしてですか？　あなたには妻子は？」

「おりません」

寅助は首を横に振る。

「今まで一度も？」

「ええ」

「もしかして、ずっと内儀さんのことを思い続けていたから？」

「はい……」

寅助は小さく頷き、

「内儀さんとは半年前に偶然再会して、それからです。忠次親分がいることは当然知っていましたが、内儀さんは不満を抱えているようでした」

「不満って？」

「捕り物で忙しくて、あまり話す時もないと。内儀さんは忠次親分にもっと構ってもらいたかったんだと思います。あっしと会っていたのは、憂さ晴らしをするためであって、親分さえ内儀さんのことをもっと想《おも》いやってくれていたら……」

寅助は複雑な表情で言ってから、

「大事になる前に、手を引かなければならないと思っていました。九段坂で親分とすれ違った時に、親分はもう気が付いていると悟っていました。もう近づきませんので」

と、頭を下げた。

おさやのことを好きで、妻《めと》も娶らないで生きてきた寅助はこんなことで幸せなのだろうか。出来ることなら、おさやと一緒になりたいのではないか。

そんなことを思いながら、

「内儀さんを想う気持ちを抑えられますか?」

と、訊ねた。

「ええ、半年前まではずっと抑えてきたんです」

寅助は力強く答えた。

「わかりました。親分には言いません。もし、親分が寅助さんを責めるようなことがあれば、あっしが味方になりますんで」

辰吉は約束して、料理茶屋を出た。


七つ半が過ぎた。

通油町に帰ると、『一柳』の近くの道端で辰五郎と出くわした。辰五郎は忠次を訪ねてきたと言っていた。

「親父、ちょっとききたいことがある」

「なんだ」

「外だと話しにくいんだ。俺のところで」

辰吉は自分の長屋に誘い、

「忠次親分が内儀さんを見殺しにするようなことはあるんだろうか」

と、確かめた。

「なんだって？」

辰五郎が目を剝《む》く。

「親分が内儀さんを……」

辰吉がもう一度言おうとすると、

「冗談でもそんなことを言うんじゃねえ」

辰五郎は叱った。

「いや、冗談じゃない。これには訳があるんだ」

「訳って？」

辰五郎が腕を組んできいた。

「内儀さんは板前の寅助さんと密通している」

「なに？」

「さっき、寅助さんに確かめた。そしたら、認めたんだ」

辰吉は寅助がずっとおさやのことを想い続けていて、半年前にばったり再会して、それから引きずり込まれるように密会をしていたが、もう手を引くと言っていたことを伝えた。

「内儀さんは忠次親分に不満があったらしい。といっても、別れたいというわけでなく、もっとふたりで一緒にいたかったそうだ」

「そうか。うちの奴と同じだな……」

辰五郎が低い声で呟く。

「親分はおそらく密通のことを知っていたのだろう。いま振り返ってみると、今まで内儀さんと仲が良かったのに、ここのところ素っ気ない素振りを見せたり、まるで内儀さんを疑っているようだった」

辰吉はそう言い、さらに続けた。

「岩松は忠次親分の大切なものを失くさせたいと言っていて、内儀さんを狙うことを公言していた。それなのに、親分は大番屋から牢屋敷へ護送するときに、縄を緩く縛っていたし、岩松が用を足したいと言った時に、赤塚に認めるように進言した。それだけじゃねえ。高砂新道でまだ岩松が見えるのに追いかけるのを止めたという者もいた。どう考えても、おかしいじゃねえか」

辰吉は興奮して、声が大きくなった。

辰五郎は険しい顔をして聞き、

「まさか、あいつに限って、そんな真似《まね》を……」

と、信じられない様子であった。

「じゃあ、たまたまなのか」

「……」

「親父、どう思う」

辰吉は問い詰めた。

「わからねえ。忠次に確かめるしかない」

辰五郎は立ち上がった。

家を出て、『一柳』へ行った。もう店は夕方の営業を始めていて、表から客が入って行った。

辰吉と辰五郎は裏口から入り、忠次の部屋へ行った。

忠次は相変わらず難しい顔をして、胡坐《あぐら》で莨《たばこ》を吸っていた。

「忠次、ちょっといいか」

辰五郎が中に入り、忠次の正面に座る。忠次はかしこまって座った。辰吉は辰五郎の隣に腰を下ろした。

「親分、何か御用で」

忠次がきく。

「おさやの様子を見に来たんだ。だが、ちょっと辰吉に妙なことを聞いてよ」

「妙なこと？」

忠次は首を微《かす》かに傾げ、辰吉を見る。

「親分、正直に話してください」

辰吉は釘《くぎ》を刺し、

「岩松が逃げたのは、親分が逃げやすいようにしたからじゃありませんか」

と、真っすぐに目を見て問いただした。

「何を馬鹿な」

忠次は目を見開く。

「親分は大番屋から牢屋敷へ護送するときに、縄を緩く縛っていましたね」

「わざとじゃない」

忠次は首を横に振る。辰吉は構わず続けた。

「じゃあ、岩松が用を足したいと言った時に、赤塚の旦那は構わずに進もうと言ったのに対し、親分はなぜか岩松に情けをかけて認めるように進言しましたね」

「いくら罪人でも、腹を壊したまま歩かせるのはあんまりじゃないか」

「でも、相手は内儀さんを刺して、さらに親分まで殺そうとしていた男ですよ」

「俺がそんなことをするはずねえ」

「あと、高砂新道で追いかけるのを止めたそうですね」

「岩松が見えなくなったからだ」

「『高砂屋』の向かいにある店の若旦那が二階から見ていたそうですが、十分見える範囲にいたと言っていますよ」

辰吉は厳しい目つきで忠次を見る。忠次は助けを求めるように辰五郎に目を遣《や》るが、辰五郎は何も言わない。

「それは……」

忠次は口ごもり、莨を煙管に詰めた。動揺しているのか、手が小刻みに震えている。

「親分、岩松を逃がしましたね」

辰吉は外に聞こえないように口をあまり動かさず、重たい声で言った。

「逃がしていねえ。どうして、俺がそんなことをするんだ」

忠次は白を切る。

「内儀さんと寅助さんが密会しているからですよ。それが許せなかったんじゃありませんか」

「……」

「つまり、岩松に内儀さんを殺させるために、わざと逃がしたんです」

「……」

「どうなんですか」

辰吉は身を乗り出して、迫った。

忠次は答えない。

「忠次、辰吉は真実を知りたいだけなんだ。岩松を逃がしたとしても、ほんの出来心だったと俺は思っている。幸い、おさやは助かった。このことは、三人だけの秘密だ」

辰五郎が口を開く。

「今から考えると、なんであんな真似をしたのかあっしもわかりません」

忠次は頭《こうべ》を垂れながら認めた。

辰吉はようやく心に詰まっていたものが取れた気がした。しかし、忠次が出来心だとしても、岩松におさやを殺させようとしたことに、信じられない思いだった。

「よく言ってくれた」

辰五郎はそれ以上責めなかった。

「親分、がっかりしました」

辰吉は呆《あき》れるように言った。

「すまない」

忠次は小さな声で謝った。

「内儀さんは寅助さんを好きになったわけじゃありません。親分に構ってもらえないから、寅助さんに会っていただけです。もう一度、内儀さんとやり直してください。お願いです」

辰吉は深く頭を下げた。

「ああ、わかった」

忠次は認めた後、

「俺はもう岡っ引きとして相応《ふさわ》しくない。引退する」

と、呟いた。

「えっ」

辰吉と辰五郎の言葉が重なった。

「親分が引退したら、この町を誰が守っていくんですか」

辰吉はきいた。

「お前がいるじゃねえか」

忠次は当たり前のように言う。

「俺が？」

「お前が俺のあとを継いでくれ。赤塚の旦那には俺から話す」

忠次が促した。

「でも、俺はまだ……」

辰吉は隣の辰五郎を見た。

辰五郎は小さく頷き、

「お前なら出来る」

と、言った。

「……」

辰吉はまだ迷っていた。いくら忠次と辰五郎が認めても、他の者たちが反対しないだろうか。それ以前に、自分に岡っ引きが務まるのか。

「この間、安太郎と福助が、辰吉はもう岡っ引きの風格があると言っていた。それに、繁蔵親分も同じようなことを」

「だけど……」

「お前しかいない」

忠次は熱い目で辰吉を見た。

しばらく考えてから、

「わかりました」

と、辰吉は腹を括《くく》った。

これから、親父から譲り受けた十手を手に、俺が町を守っていく。どんな波乱の人生が待ち受けるのか、不安と喜びが混じっていた。


それから、一月後、辰吉は赤塚新左衛門から手札を貰《もら》い、正式に岡っ引きとして独り立ちした。周りからは若親分と呼ばれている。

辰吉はこのことを報告しに、『一柳』に顔を出した。

裏庭に回ると、忠次とおさやが濡《ぬ》れ縁《えん》で、ふたりで仲睦《むつ》まじそうに茶を飲んでいた。

邪魔するのは悪いと思って引き返し、それから辰五郎の元に向かった。

本書は時代小説文庫（ハルキ文庫）の書き下ろし作品です。

時代小説文庫
こ 6-39

親《おや》子《こ》の絆《きずな》は永《えい》遠《えん》に 親《おや》子《こ》十《じっ》手《て》捕物帳《とりものちょう》❼

著者 小《こ》杉《すぎ》健《けん》治《じ》

2021年7月8日第一刷発行

発行者 角川春樹

発行所 株式会社 角川春樹事務所
〒102-0074 東京都千代田区九段南2-1-30 イタリア文化会館

電話 03(3263)5247[編集] 03(3263)5881[営業]

印刷・製本 中央精版印刷株式会社

フォーマット・デザイン＆シンボルマーク 芦澤泰偉

ISBN978-4-7584-4418-7 C0193

http://www.kadokawaharuki.co.jp/[営業]
fanmail@kadokawaharuki.co.jp[編集] ご意見・ご感想をお寄せください。

今村翔吾の本

くらまし屋稼業

万次と喜八は、浅草界隈を牛耳《ぎゅうじ》っている香具師《やし》・丑蔵《うしぞう》の子分。親分の信頼も篤《あつ》いふたりが、理由《わけ》あって、やくざ稼業から足抜けをすべく、集金した銭を持って江戸から逃げることに。だが、丑蔵が放った刺客たちに追い詰められ、ふたりは高輪の大親分・禄兵衛の元に決死の思いで逃げ込んだ。禄兵衛は、銭さえ払えば必ず逃がしてくれる男を紹介すると言うが——涙あり、笑いあり、手に汗握るシーンあり、大きく深い感動ありのノンストップエンターテインメント時代小説第１弾。

（解説・吉田伸子）続々大重版！

今村翔吾の本

春はまだか
くらまし屋稼業

日本橋「菖蒲屋《あやめや》」に奉公しているお春は、お店《たな》の土蔵にひとり閉じ込められていた。武州多摩にいる重篤の母に一目会いたいとお店を飛び出したのだが、飯田町で男たちに捕まり、連れ戻されたのだ。逃げている途中で風太という飛脚に出会い、追手に捕まる前に「田《た》安稲荷《やすいなり》」に、この紙を埋めれば必ず逃がしてくれる、と告げられるが……ニューヒーロー・くらまし屋が依頼人のために命をかける、疾風怒濤のエンターテインメント時代小説、第2弾！

ハルキ文庫